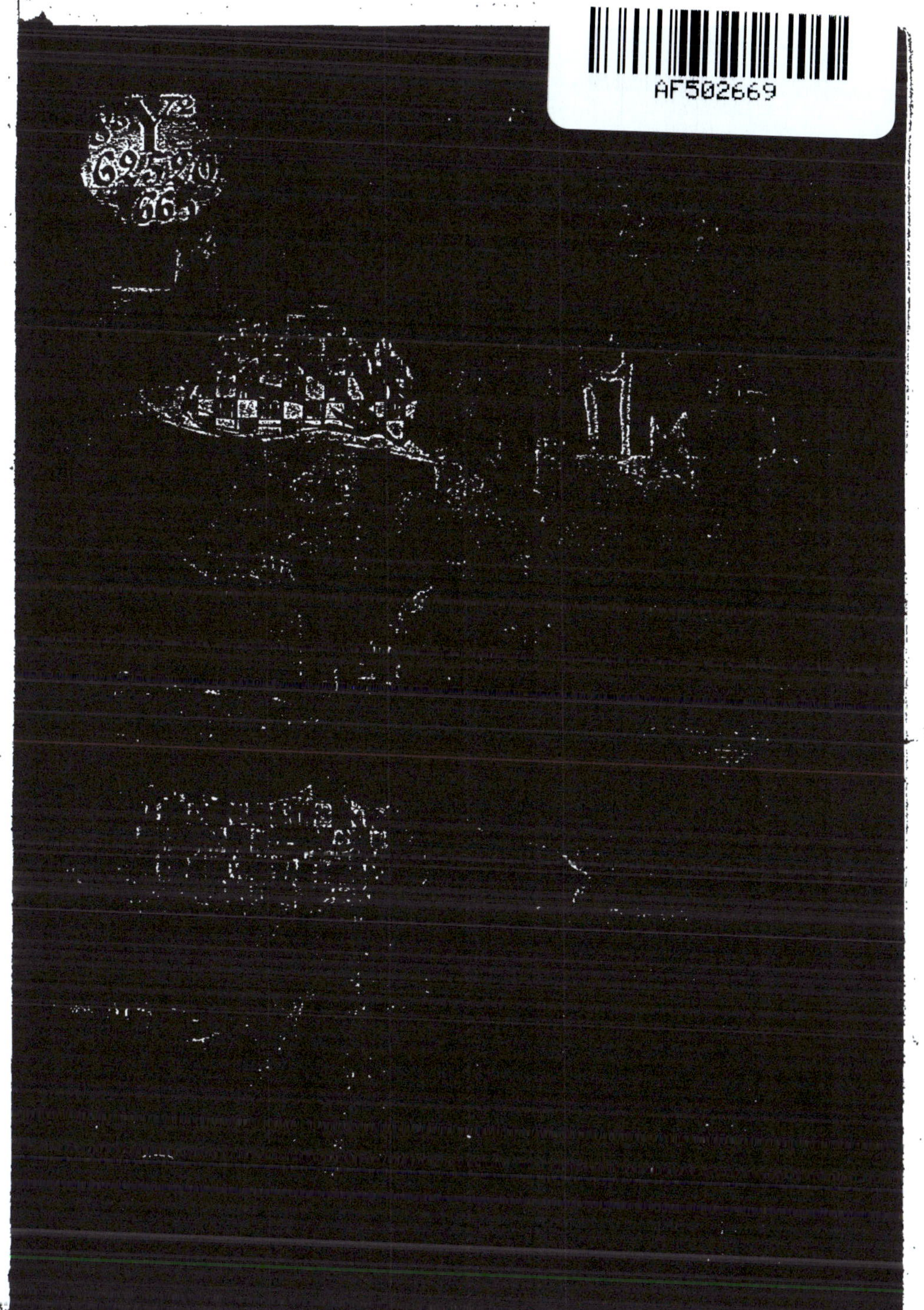

Paul Eris

L'Heure d'Aimer

LIBRAIRIE DES ROMANS CHOISIS

PARIS

L'HEURE D'AIMER

2

Un ménage uni et heureux, c'était le ménage Favérolles.

Le mari, André, chef de bureau au Ministère des Travaux Publics, était un homme grave, aux manières élégantes, n'ayant rien du fonctionnaire tout de routine et paperassier.

À quarante-cinq ans, il attendait, d'un jour à l'autre, sa nomination à [illegible] d'un service et la croix de chevalier.

Bourgeois de nos jours, il était parvenu à [illegible] grade [illegible] il ne s'occupait ni de politique ni d'intrigues de couloir.

[illegible] qu'il quittait son Ministère, son seul bonheur était [illegible] ici dans le coquet appartement qu'il habitait boulevard [illegible] avec sa femme et sa fille Simone.

Gabrielle [illegible] vingt-huit ans [illegible] une superbe brune dont la grave [illegible] aux yeux de [illegible].

Simone [illegible].

[illegible]

[illegible] le premier jour [illegible] leurs [illegible] transportaient encore comme [illegible].

[illegible] elle était toujours belle et désirable, André [illegible] semblait denier [illegible] de pouvoir jamais [illegible].

[illegible] M. et Mme Favérolles avaient loué à Tréport [illegible] de Mars, une jolie villa, pour la période [illegible].

[illegible]

Exception était faite toutefois pour un intime ami d'André, M. Croizier, joyeux vivant, pourvu de rentes solides que lui avait laissées son père, riche agriculteur briard.

De caractères essentiellement différents, André Faverolles et René Croizier, en raison, peut-être, de cette théorie qui veut que les contraires s'attirent, s'étaient liés au régiment.

André avait alors 23 ans et René 18. L'un avait obtenu un sursis pour terminer ses études de droit ; l'autre, s'était engagé, par coup de tête, pour préparer l'école de Saint-Maixent.

Peu enclin au travail, Croizier avait échoué aux examens et s'était contenté de sortir simple sergent comme son camarade.

A la mort de son père, conseiller général en Seine-et-Marne, René avait brigué sa succession et avait été élu sans concurrent. Depuis quatre ans, il était député.

Charmant causeur, maniant la parole avec une harmonieuse facilité, cet homme mondain, affable, doué d'une figure assez belle, ouverte et franche, était resté célibataire.

— Que voulez-vous ? répondait-il à ses amis qui le questionnaient à ce sujet, c'est peut-être de la fatuité de ma part, mais je désire être aimé pour moi-même. Jusqu'à présent, je n'ai trouvé que des alliances de fortune et aucune alliance de cœur.

M. et Mme Faverolles avaient invité Croizier à profiter du séjour d'André à Mers pour venir passer quelques jours avec eux, au bord de la mer.

Le vingtième anniversaire de leur mariage tombait pendant cette période. On le fêterait en famille.

René avait accepté l'invitation.

Ce jour-là, le déjeuner à la villa fut très gai.

Au nombre des convives que M. et Mme Faverolles avaient réunis à leur table se trouvait une famille du voisinage, M. et Mme Brémontier, dont les filles, Marthe et Suzanne, étaient les compagnes habituelles de Simone, à la plage.

Elles devaient toutes trois aller, l'après-midi, à un bal blanc, au Casino.

— Si vous permettez, demanda M. Faverolles, j'ai une lettre à écrire et à porter ensuite à la grande poste, je vous rejoindrai vers cinq heures.

On se dirigea donc vers le Tréport, laissant André à ses correspondances et à ses journaux.

Une chaleur accablante pesait sur la plage, en cette journée de juillet. Mais, cependant, Gabrielle et ses hôtes dédaignèrent de prendre le tramway qui longe la mer. Gaiement, ils avouaient la nécessité de se donner de l'exercice après un copieux déjeuner qui les avait retenus longtemps à table.

La succursale d'un bijoutier de Paris, ouverte à Tréport, pendant la saison des bains, arrêta soudain les regards de Mme de Faverolles. Elle se mit à contempler la vitrine où flamboyaient l'or et les pierres des joyaux étalés dans leurs écrins.

— Eh bien, maman, viens-tu ? demanda Simone.

— Oui, oui, ma chérie !...

Et s'adressant à M. et à Mme Brémontier :

— Je ne voudrais pas, ajouta-t-elle, retarder le plaisir de nos enfants, voulez-vous que je vous confie Simone. Il me serait agréable d'entrer chez ce bijoutier et, si possible, faire à mon mari la surprise d'un joli souvenir.

— Mais certainement, certainement, répliqua Mme Brémontier. Vous trouverez là ce qu'il vous faut, le choix est considérable !... Quant à Simone, regardez, la voilà déjà filée avec mes grandes !...

— Alors, à tout à l'heure !

— A tout à l'heure !...

— Voulez-vous m'autoriser à entrer avec vous, fit M. Croizier. Vous savez, moi : « la danse n'est pas ce que j'aime !... » Il est vrai que je n'aime même pas la fille à Nicolas !... Nous entrons ?...

— Comme il vous plaira, cher monsieur.

Le marchand et les commis s'empressèrent auprès des visiteurs.

Non sans hésitante perplexité, Mme Faverolles se décida pour un médaillon artistique, pouvant se porter, en breloque, à la chaîne de montre. Le boîtier était enrichi de fins diamants noirs dessinant un trèfle à quatre feuilles.

— Ce sera tout à fait mon affaire, dit Gabrielle ; maintenant, il faudrait que vous puissiez graver, de suite, à l'intérieur, deux initiales et deux dates, celle de mon mariage, et celle de l'anniversaire qui est aujourd'hui !... A vingt ans de distance, hélas !

— Qui donc s'en douterait ?... si vous ne vous en vantiez vous-même s'écria galamment M. Croizier. On vous donnerait à peine 25 ans.

— Flatteur, vil courtisan !... sourit Mme Faverolles. Je ne dis pas qu'aujourd'hui le plaisir de faire une surprise à mon mari ne me rajeunisse !... mais je n'en suis pas moins une vieille femme de trente-huit ans !...

— Chut ! taisez-vous, si quelqu'un vous entendait, un homme mal élevé, par exemple, vous appellerait menteuse !...

Bientôt les dates et les initiales furent gravées. René, tirant son portefeuille de sa poche, voulut acquitter le prix du bijou :

— Vous n'y songez pas, protesta Gabrielle, c'est moi seule et j'y tiens, qui veux offrir ce souvenir à mon mari... Il faut donc, pour que le cadeau garde toute sa valeur, qu'il soit payé avec mon argent à moi !...

— Oh ! remarqua le député, André ou vous, c'est la même bourse...

— C'est surtout le même cœur, dit-elle, finement, en alignant les pièces d'or sur le comptoir du bijoutier.

Ils sortirent.

Cinq heures sonnaient dans l'air léger. Au loin, les barques de pêcheurs commençaient à regagner la petite rade de Tréport. Le vent enflait la poche colorée des voiles... Dans les paniers, au fond des barques, dansaient des éclairs d'argent !...

— La pêche a été bonne, dit René, si nous attendions un instant pour voir l'arrivée des pêcheurs.

— Non, non, dit Gabrielle, c'est un spectacle que je connais. Je préfère rentrer à la villa. J'ai hâte de surprendre mon mari et, je retournerai avec lui chercher Simone et M. et Mme Brémontier au Casino.

— L'heureux veinard ! soupira Croizier.

— Il le mérite !... En tout cas, voici le tramway de Mers !... En voiture, qui m'aime me suive !...

— Ne criez pas si fort, railla l'ami de Faverolles, tous les baigneurs seraient capables de monter avec vous !...

Le tramway s'arrêta juste devant la porte de la villa.

Sigurd, le fidèle épagneul, allait aboyer, mais sa maîtresse, de sa main gantée, lui fit signe pour qu'il se tût. Le chien regagna sa niche, obéissant...

La porte doucement ouverte, Croizier et Gabrielle entrèrent, marchant sur la pointe des pieds pour ne pas faire crier le sable des allées. Comme des conspirateurs, ils se courbèrent, en rasant les murs près des fenêtres pour ne pas être aperçus...

La villa avait l'air de dormir !...

Un peu de brise chuchotait seulement dans les acacias et, faisait trembler les rideaux de dentelles, derrière la baie du salon qui n'était point fermée.

On entendait une guêpe au-dessus d'une corbeille de fleurs épanouies.

Là-bas, dans les salles du Casino, une valse venait de reprendre ses notes langoureuses harmonieusement cadencées et la brise de mer en apportait les échos.

— André ! appela Gabrielle, ouvrant le fumoir et s'engouffrant dans la pièce. Nous sommes volés, fit-elle joyeusement ! Mais, du moins la surprise n'est pas éventée... Partons à la recherche du disparu !...

Dans la salle à manger, personne !... Sur la table jonchée d'iris, les tasses à café et les verres de liqueurs n'avaient pas été desservis.

— Oh ! ces domestiques, critiqua Mme Faverolles, si l'on s'absente un instant, on est sûr qu'ils s'occupent à tout autre chose que de leur ouvrage, mais où peut donc être allé mon mari !

— N'avait-il point parlé de se rendre à la grande poste !

— Sans doute. Nous nous sommes croisés. Tant pis. Ce sera pour ce soir !...

A ce moment, René Croizier, qui avait entr'ouvert la porte du salon et plongeait un regard dans la pièce, devint d'une pâleur livide.

— Qu'avez-vous ?... s'écria Gabrielle, en le voyant blémir, soudain épouvantée.

— N'entrez pas, madame !... n'entrez pas, défendit-il, en essayant de lui barrer le passage.

— Ah ça, vous êtes fou !... s'indigna-t-elle.

— Je... je vous en supplie, bégaya le député.

Mais déjà Mme Faverolles avait bondi...

Sur le tapis, un fauteuil était renversé... A terre, gisait inanimé, André !...

Battant l'air de ses deux mains, les yeux hagards, la bouche convulsée, dans l'horreur d'un cri qui n'arrivait pas à sortir, Gabrielle s'abattit à côté de son mari !...

M. Croizier se précipita sur les sonnettes !...

Les domestiques accoururent.

— Un médecin !... cria-t-il au valet de chambre, vite, un médecin !... Monsieur a une congestion et madame a une syncope !...

— Le domestique sortit comme un insensé. Moins d'une demi-heure après, il ramenait le docteur le plus estimé du pays.

Déjà, aidé de la bonne, Croizier avait transporté la pauvre femme, dans sa chambre, sur le lit.

— Mme Faverolles, dit-il au praticien, n'est qu'évanouie, voulez-vous d'abord voir monsieur, je crains bien !...

Dès le premier examen, le diagnostic du médecin fut sans espoir... Cependant, par acquit de conscience, il essaya de chercher le moindre indice de vie, il ausculta, tâta le pouls, provoqua, mais en vain, des mouvements réflexes...

Hélas, on pouvait déjà, sur le visage d'André, suivre l'envahissement des ténèbres de l'au-delà !...

— Rien, rien à faire, conclut-il, en se relevant, embolie au cœur !... Il y a une demi-heure que c'est fini !... Veuillez me permettre de voir madame !...

Mme Faverolles venait d'ouvrir les yeux. En voyant, penché sur elle, le visage d'un inconnu, en apercevant Croizier resté, à l'écart, sur le seuil de la porte, un choc soudain de la mémoire fit jaillir l'étincelle dans sa pensée obscure.

Et se rappelant l'affreuse cause de son étourdissement.
— André, s'écria-t-elle !... André, où est-il ?... je veux le voir !...

— Vous le verrez tout à l'heure, madame, si vous êtes raisonnable, dit

— Que Villiere... j'ai... que je vous le promets... vous... il est impossible...

Dans la... où le jour allait s'éteindre... frissonner une lueur d'espoir.

Il... aime à se tromper malgré les réalités. Il ne lui paraît... plus que son mari fût mort.

...oui. Il faisait si chaud, dans l'après-midi et André avait mal déjeuné, à cette table d'amis où l'on avait peut-être eu tort de boire un peu trop !...

Une musique entraînante dont les mélodies glissaient jusqu'à elle par... entr'ouvertes lui fit songer tout à coup :

— Et Simone !... qui est en train de danser pendant que son père... faut... qu'on aille vite la chercher !...

Voici... fille est revenue ! Elle est, en ce moment, près de son père...

Pourquoi n'y suis-je pas ?... Et s'il... mourrait mort ?...

— Ne me faites pas dire... répond doucement le médecin. Je vais vous faire... lui... le... traitement. Je viendrai dans une heure environ. J'espère pouvoir... à ce moment-là...

ce qu'on a de meilleur, qui assassine des rêves comme un semeur insoucieux écrase dans les champs les coccinelles et les grillons, qui bouleverse des avenirs comme un enfant renverse des châteaux de cartes ou des maisons de dominos !...

Puis, la vue de Simone, vêtue de noir, lui avait rappelé qu'elle n'était pas seulement épouse, mais encore qu'elle était mère et, dans son cœur maternel, elle puisa l'énergie de continuer à vivre !...

Ce fut un lent et triste réveil que celui de tout son être quand elle se retrouva dans le coquet appartement du boulevard Pasteur, seule avec Simone, en présence du naufrage de son bonheur et des matérialités de la vie avec lesquelles il allait être nécessaire désormais de compter.

II

M. et Mme Brémontier, les voisins de plage qui avaient été les hôtes de Mme Faverolles le jour fatal de son vingtième anniversaire de mariage, poussèrent un soupir de satisfaction lorsque Gabrielle et sa fille quittèrent la villa de Mers, pour n'y plus jamais revenir.

M. Brémontier, gros bonhomme, enrichi dans le commerce des grains et fourrages et qui s'honorait de fréquenter un chef de bureau de Ministère, répétait à qui voulait l'entendre sur la plage, avec une philosophie prudhommesque :

— C'est fâcheux, pour cette pauvre dame, c'est terrible pour cette jeune fille, un accident si imprévu, mais qu'y faire !... Probablement que son heure était sonnée, à c't'homme !... c'est la destinée !...

« Nous compatissons tous à leur douleur, évidemment, évidemment. Mais, après tout, on n'est pas de la famille, pas vrai ?.... Je suis venu ici pour distraire mes filles !... Ça les a profondément affectées, cet accident-là !... Maintenant qu'elles ont bien pleuré avec leur amie Simone, il faut qu'elles chassent le chagrin et qu'elles continuent à s'amuser comme si de rien n'était, c'est pas moi qui ai lâché la rampe !

Nombreux, à Paris, furent ceux qui vinrent prodiguer à la veuve de vagues compliments de condoléances. Mais les amis d'André pensaient que, probablement, elle aurait recours à leur bourse, s'ils insistaient trop sur leur douloureux attachement à la mémoire de celui qui s'était efforcé, au cours de sa vie, de rendre service sans jamais en réclamer un seul. Ils s'éclipsèrent les uns après les autres.

Seul, resta, auprès de la mère et de la fille, le député René Croizier.

Il se mit de suite à leur entière disposition.

Avec une discrétion et une célérité rares, il se chargea de toutes démarches, organisa le modus vivendi des deux désemparées, prévit tout.

Afin de pouvoir plus aisément s'occuper de leurs intérêts, il accepta à la demande de Mme Faverolles d'être nommé subrogé-tuteur de Simone et n'eut pas de peine, du reste, en raison de sa situation de député, à être agréé par le juge de paix, sans avoir d'inutiles formalités à remplir.

Dans le logis si riant jadis du boulevard Pasteur, où elle avait passé de si heureux jours, Mme Faverolles se sentait mal à l'aise. Combien il lui paraissait vide et triste !...

Tout lui rappelait le cher disparu. S'asseyait-elle à table, à l'heure des repas, devant la place vacante d'André, les larmes lui montaient aux yeux.

— Tu n'es pas raisonnable, maman, il faut manger, l'exhortait en vain Simone, si tu ne te nourris pas comment veux-tu être vaillante ?...

La jeune fille essayait de prêcher d'exemple mais elle-même avait peine à ne pas laisser paraître sa douleur.

Elle touchait, du bout des lèvres, aux plats que s'ingéniait à confectionner la cuisinière, elle aussi consternée, car on l'avait avertie qu'à la fin du mois, ses maîtresses seraient obligées de se séparer d'elle.

Les journées s'écoulaient relativement calmes, occupées qu'elles étaient la mère et la fille aux préparatifs d'un déménagement qui s'imposait.

Mais Gabrielle ne voyait pas approcher la nuit sans appréhension. Elle avait de longues insomnies pendant lesquelles les idées les plus sinistres assaillaient son cerveau. Et lorsqu'au petit jour, vaincue par la fatigue, elle s'endormait, c'était pour être en proie à des effrayants cauchemars.

Au matin, lorsque Simone entrait dans la chambre de sa mère pour lui

Un paysan à barbe blanche en sortait (page 12)

souhaiter le bonjour et l'embrasser, elle l'effrayait, lors de se trouver en face d'un masque de cire : les traits tirés...

En quinze jours, Gabrielle avait vieilli de dix ans.

Simone, de son côté, n'avait qu'une pensée : de donner ses craintes à René Croizier... d'être agréable au docteur qui lui avait nommé les remèdes, escomptant d'avance un appui de l'homme...

... qui l'envahissait et surveillait attentivement la marche de cette consomption qui s'étendait de plus en plus.

Devant l'inefficacité de ses prescriptions, il finit par ordonner un changement d'air et d'habitude.

Et comme il se piquait de littérature, il rappela au début les vers du poète :

Il n'est pire douleur
Qu'un souvenir heureux dans un jour de malheur.

— C'est l'ambiance des choses parmi lesquelles vous vivez, disait-il à Mme Faverolles, qui est l'unique cause de votre souffrance. Supprimons cette cause, nous supprimerons l'effet.

— Comment faire ?

— Je vous prescris le grand air, la pleine campagne. Pendant que vous reposerez, quelqu'un pourrait-il se charger de votre déménagement ? Il ... venir ... à Paris, que vous soyez transplantée dans un autre quartier ... que votre guérison est à ce prix.

— Mais ... malade, et puis est-ce vraiment raisonnable de ma part ... d'un déplacement ... les dépenses à prévoir ...

— René Croizier, intervint-il.

— Voulez-vous, chère madame ... une proposition ... en moi et me charger de la liquidation ... pour avoir confiance sur toute ma diligence et sur tout mon dévouement ...

— Je le sais, monsieur René, et je vous remercie sincèrement. Vous seul, dans mon malheur, êtes resté l'ami fidèle ... une reconnaissance ...

— Ne parlons pas de reconnaissance, je vous en prie. Je considérais André comme un frère et c'est en raison de cette amitié fraternelle que je vous propose, pendant que la saison est belle, de vous aller reposer à la campagne.

Préparez vos malles. Nous sommes encore à la période des vacances. L'administration ne liquidera pas la pension de retraite de votre mari avant ... nous pourrons causer tout tranquillement de vos affaires et de vos ... à la campagne. Puisque j'ai vos pleins pouvoirs, vous n'avez pas besoin de vous déplacer pour aller chez le notaire, rien à ... à Paris.

— Allez donc chez moi ... comme une femme de ... bonne, elle nous aidera ... besoin de vous dire qu'elle ... à vous recevoir ... Vous la connaissez bien ...

— Vous êtes venue avec André et Simone ... elle. Elle a beaucoup de sympathie pour vous ... affectionne particulièrement votre fille. Dans notre beau pays de Brie, vous aurez une tranquillité d'esprit que vous ne pouvez avoir ici.

Bien que sachant cette offre désintéressée, Mme Faverolles hésitait cependant à accepter.

Le député, pour lui enlever tout scrupule, envoya sa mère faire une démarche auprès d'elle.

Mme Croizier aimait beaucoup Gabrielle Simone, depuis longtemps ... l'avait conquise par son égalité d'humeur, son amabilité ... et son caractère énergique et droit.

Aux objections de la veuve, elle trouva mille raisons à opposer.

— Vous ne me gênerez nullement. Absolument ... je suis ... la compagnie de ma cuisinière Aurélie et de ... le jardinier. Nous vivons très simplement.

— Vous n'ignorez pas que mon fils ne vient jamais me voir ... si ce n'est lorsque la Chambre est en vacances et qu'il en profite pour venir à la maison. C'est tout juste si je le vois aux heures des repas, ... jours en visite chez ses électeurs.

« Si seulement, il m'avait donné une bru et des petits enfants, mais non ! c'est un célibataire impénitent !... Le voilà qui arrive à l'âge mûr, je ne serai jamais ni belle-mère, ni grand'mère, vous me procurerez cette illusion en acceptant l'hospitalité que je vous offre.

Et comme Gabrielle se confondait en remerciements, Mme Croizier riposta :

— Ne me remerciez pas, ce n'est pas par bonté d'âme que je vous invite, c'est par égoïsme, je m'ennuie d'être seule !...

Mme Faverolles finit par se décider.

Il fut convenu que la mère et la fille partiraient dans quelques jours, le temps de mettre un peu d'ordre, de préparer certaines affaires indispensables.

— Alors, c'est entendu, déclara Mme Croizier, je vais faire organiser vos chambres. Vous verrez, vous verrez !... Le bon air de chez nous vous remettra très vite sur pied !... Ah! bin, c'étant !... bin sûr !... conclut-elle en se servant à dessein d'une vieille locution briarde.

Au jour dit, les deux femmes quittèrent leur logis du boulevard Pasteur où elles avaient passé jadis de si douces et délicieuses heures et qui leur semblait à présent triste et froid, comme les murs d'une prison.

Elles prirent le train, une après-midi, vers deux heures à la gare de l'Est.

A cinq heures, elles descendaient à la petite station où le député les attendait avec son auto conduite par Justin, le factotum, jardinier, valet de chambre, chauffeur et mari d'Aurélie, la cuisinière.

Une fois, les malles chargées, on partit.

La propriété de Mme Croizier était située, à quelques minutes de la gare, à l'autre bout du village un peu isolée des autres maisons.

Après avoir franchi la grille d'entrée, on pénétrait dans une vaste cour où se trouvaient, à droite et à gauche, adossés au mur de clôture, les communs, le garage, les écuries, la serre, le logement du jardinier.

Au fond de la cour, devant un massif de roses de Grisy-Suisnes, s'élevait la villa, à deux étages surmontés d'un grenier.

On accédait au rez-de-chaussée, par un perron de quelques marches dont la rampe était garnie de volubilis et de clématites. Une glycine enguirlandait les fenêtres de ses lianes fleuries, montant jusqu'à la mansarde, et s'étalant sur le toit de briques rouges.

De l'autre côté, orientée au Midi, la maison faisait face à la plaine qui s'étendait à perte de vue et les murs disparaissaient sous une tapisserie odorante de rosiers grimpants, encadrant les larges baies par lesquelles entrait le bon soleil.

Le potager conduisait à une pelouse verte que couvraient de leurs rameaux des pommiers, des poiriers, des cerisiers de plein vent.

Le verger, ou comme on dit en Brie « le clos » descendait, en pente jusqu'à une haie large et touffue qui formait, de ce côté, clôture de la propriété.

Il n'y avait qu'à ouvrir une porte, derrière cette haie, pour se trouver sur un chemin étroit, bordé d'arbres, et qui longeait la rivière : le Grand Morin.

Mme Croizier, en simple costume de paysanne, sabots aux pieds, tablier bleu noué à la ceinture, et sur la tête, cette coiffe briarde, d'une grâce particulière, que la reine Margot ne craignit pas de porter à la cour des Valois d'Angoulême, guettait, sur le pas de la porte, l'arrivée des deux parisiennes.

Après les premières effusions, les politesses, les remerciements, elle voulut elle-même installer ses hôtes, dans l'appartement du second étage qu'elle avait aménagé à leur intention.

— Vous êtes chez vous, dit-elle !

Puis l'heure du dîner n'était pas encore proche, elle proposa dès que les voyageuses eurent réparé un peu leur toilette :

— Pendant que je vais donner un coup de main à Aurélie pour le dîner,

vous dérangeait un jour, la promenade, du moins que vous ne vous [illegible]vant fatiguées ?

— Pas du tout, répondit Mme Favorolles ; il me semble [illegible] que la marche à pied me fera grand bien...

Elles descendirent. René sortait du garage.

— J'ai proposé à ces dames un tour de promenade, veux-tu les accompagner, demanda sa mère.

— Bonne idée, souscrivit-il, voulez-vous que nous allions jusqu'au [illegible] Petit Moulin ? Simone était là... avec les deux gentilles demoiselles Minot [illegible] prendront certainement à ce [illegible] que vous [illegible] temps parmi nous.

— Très volontiers.

— Eh bien, [illegible]

— Vous [illegible] devant vous, ajouta Mme C[illegible]

— Bonjour monsieur, dame [illegible]

[illegible]

— Ah ! cela vous intéresse donc ?

[illegible]

— Vous ne mourrez toujours pas de [illegible] aujourd'hui [illegible]

violon, j'ons bin du mal à faire tricoter les miennes !.. Qué qu'tu veux, c'est la vieillerie, on peut pas être et avoir été !..

Tout en disant cela, son regard se fixait sur Gabrielle et sa fille. Il cligna des yeux et sourit :

— Bé !... fit-il, j'me trompons point !... C'est-y pas Mame Faverolles et sa d'moiselle ?... J'vous avions pas r'connues tout d'abord !... Seur'ment, j'vous r'mettons bin, à c't'heure !... Vous êtes v'nues faire un p'tit tour au pays.

— Oui, père Mathurin, répliqua Simone, nous sommes ici pour quelque temps !... Et puisque vous êtes la première personne que nous rencontrons, permettez-moi de vous offrir...

Elle lui tendait une pièce blanche. La figure du paysan s'éclaira...

— Merci bin, mam'selle Simone, vous êtes bin offrante, l'bon Dieu vous r'vaudra ça !... Alors, vous êtes descendues chez nout' député ?...

— Chez ma mère, oui, reprit René, ces dames viennent d'être cruellement éprouvées, Monsieur Faverolles est mort subitement, il y a trois semaines !...

— Ah ! bin, c'étapt !... reprit le vieux... Monsieur vout'père est mort, mam'selle Simone, un si boun-homme !... Mais à vout' âge, y a core ed' la marge pour être heureuse !... Voyez-vous, Mme Faverolles, continua-t-il en s'adressant à la veuve, quand il a beaucoup plu, l'soleil se r'montre, quand vous aurez pleuré tout c'qu'y faut, ma brave dame, l'bonheur reviendra.

— Hélas, soupira-t-elle, il n'y a plus de bonheur pour moi !...

— Faut pas dire ça, faut pas dire ça !... Y a pas de si grand chagrin que le temps n'efface !... A vout' âge !...

— Au revoir, père Mathurin, coupa brusquement René craignant que l'indiscret et bavard ménétrier ne se laissa aller à dire quelque grosse bêtise. Nous sommes pressés !

— Au revoir fit le paysan. Bon courage et bonne chance !...

Il partit en s'appuyant sur son bâton noueux. Au moment où il quittait le petit pont, il se retourna.

Croizier et les deux femmes entraient dans la cour de la ferme :

— Nout' député, c'est un finot !... grommela le père Mathurin, dans sa barbe blanche, l'est encore célibataire, à c't'heure !... c'est-y qu'y en aurait une qui f'rait son fait, dans ces deux-là ?... Evidemment, bin sûr, c'est pas la veuve, c'est core trop récent... mais la jeune, c'est bin poulette pour un vieux coq !... Alors, on n'sait pas !....

Il donna un coup d'épaule pour remettre en place sa besace qui avait glissé, saisit solidement son gourdin et, d'un pas lent, la tête baissée, il prit le chemin du bord de l'eau.

Arrivé à la grande route, il se retourna encore une fois, puis reprenant sa marche, il ronchonna :

— Tout d'même, René Croizier, y s'rait temps qu'y s'marie !... Et puis, décida-t-il tout à coup, qué qu'ça t'fait, vieux bête c'est pas toi qui joueras du violon à ses noces !... C'est à la ville qu'il s'mariera !...

III

René Crozier et sa mère s'ingéniaient à distraire leurs hôtes, à leur rendre leur séjour agréable.

Dès le matin, laissant Mme Faverolles se reposer longuement, Simone descendait auprès de Mme Croizier.

Elle s'intéressait à tout. Cette jeune et accomplie parisienne découvrait la campagne.

Ses réparties, ses surprises, ses questions amusaient au plus haut point la vieille Lilarde.

Cette lycéenne brevetée qui avait lu Montaigne, Pascal, Bossuet, qui avait, pour la préparation à ses examens, disserté sur le traité de l'éduca-tion des filles de Fénelon, qui savait par cœur les vers de Corneille et de Victor Hugo, qui aurait pu converser sur la philosophie, causer d'art, de sciences, n'avait aucune idée des travaux des champs.

Le labour, les semailles, la rentrée du blé dans les granges, les bat-teuses, tout cela l'étonnait.

— Je n'aurais jamais cru, avouait-elle, qu'il fallût tant de travail pour faire pousser un épi !...

Après le déjeuner, le député emmenait les deux femmes soit en auto, soit à pied, soit encore dans le petit tonneau léger, à caisse basse, attelé de la jument « Mignonne » en excursion dans la campagne, les villages avoisinants, chez les paysans, dans les fermes.

— La meilleure réclame électorale, disait-il, ce n'est pas celle des réu-nions publiques, quinze jours avant le scrutin, c'est pendant la période des vacances, celle que je fais en rendant visite à Pierre ou à Paul. J'interroge les travailleurs aux champs. J'accoste les vieux du pays qui me tutoient parce qu'ils m'ont connu tout gosse et qu'ils sont fiers de tutoyer leur député. Je les écoute, j'ai le temps !

Souvent aussi, vers quatre heures, ils entraient à la ferme du Petit-Mou-lin où les demoiselles Minot leur offrait un délicieux goûter de lait frais trait, de fruits et de tartines de pain bis beurrées.

Marie, l'aînée, avait 23 ans. Elle était fiancée au fils d'un fermier du hameau voisin. Le mariage, ainsi que l'avait dit le père Mathurin, était fixé aux premiers jours d'octobre, après les vendanges.

Berthe, la plus jeune, avait l'âge de Simone.

Les deux sœurs étaient blondes, de la couleur des blés, toutes deux avaient le teint coloré des coquelicots, les yeux bleus comme les bleuets. Elles respiraient la santé physique et morale.

Elles n'avaient pas les attaches fines des parisiennes, mais elles étaient vives et légères malgré leurs sabots !... Leurs mains étaient rouges du sang riche qui coulait dans leurs veines. C'était le hâle des champs qui mettait du brun sous leurs paupières qu'aucun crayon noir ne ternissait, c'était en mordant dans les fruits mûrs ou les grappes de raisin des vignes qu'elles conservaient l'incarnat de leurs lèvres qu'aucun cosmétique n'avait jamais gercées.

Mme Croizier avait présenté Simone à la famille Minot et, de suite, elle était devenue l'amie des deux jeunes filles.

Elle les admirait d'être toujours gaies et souriantes, accomplissant leur besogne, trayant les vaches, portant le lait crémeux à la laiterie où elles surveillaient, en compagnie de leur mère, la confection des fromages de Brie, si connus et si appréciés sous le nom de fromages de Meaux.

Ce qui n'empêchait, ni l'une ni l'autre de ces deux paysannes d'être excellentes musiciennes, virtuoses même sur le piano qu'elles avaient appris à la pension à Coulommiers, en même temps qu'elles y faisaient d'assez sérieuses études pour obtenir le brevet de capacité.

De ces promenades, Gabrielle revenait chaque fois l'esprit plus calme, ses longues insomnies disparaissaient, le sommeil réparateur lui rendait des forces.

La volonté de vivre s'ancrait en elle de nouveau.

Malheureusement, le règlement de la succession de son mari devait lui apporter encore une nouvelle désillusion.

D'une part, André n'ayant que 21 ans de services à la date de son décès, n'avait droit qu'à une retraite proportionnelle dont la veuve touchait la moitié : « deux mille francs, environ ».

D'autre part, la fortune personnelle du ménage se trouvait presque en-tièrement compromise, par suite d'un mauvais placement.

Sur les conseils d'un de ses collègues, leurré par des rapports d'ingé-nieurs qui fréquentaient le ministère des Travaux publics, Faverolles avait placé la totalité de ses fonds dans une Société minière des Bouches-du-Rhône.

Les dividendes de la première et de la seconde année avaient été su-perbes.

Les bruits avaient bien couru sur la tourmente [illegible] qui auraient été considérables ; mais André n'y prêta pas attention [illegible] et ne vendit pas ses titres au moment où il aurait [illegible] mieux [illegible]

Les actionnaires, un beau jour, apprirent qu'une voie d'eau envahissait la mine. Mais l'inondation ne devait être que passagère, disaient les ingénieurs. Les dividendes furent suspendus, mais le paiement devait reprendre très prochainement, affirmaient les administrateurs.

Un semestre s'écoula avant qu'il fut question de payer. Les actions baissèrent rapidement.

André s'émut et songeait à vendre ses titres quand la mort vint le surprendre avant qu'il n'eût donné des ordres.

Croizier, mis au courant de cette situation par le notaire, décida de liquider au plus vite. Les actions étant nominatives, il y eut quelques difficultés à fin de transfert. On perdit quinze jours en paperasseries.

Une lettre laconique du notaire l'invita à venir immédiatement à Bérel. Il partit sans toutefois informer, ni sa mère, ni Mme Faverolles, ni Simone, du but de son déplacement.

Il rentra le soir même par le dernier train.

Gabrielle, un peu plus lasse que de coutume, s'était retirée dans sa chambre; Mme Croizier attendait son fils, en compagnie de la jeune fille.

Lorsqu'il parut, dans la salle à manger où son couvert était préparé, il portait sur sa physionomie une telle empreinte de tristesse et d'ennui que sa mère ne put s'empêcher de remarquer :

— Qu'est-ce que tu as ?... tu es souffrant ?...

— Non, maman.

— Tu es tout drôle !...

— Fatigué !... Les affaires !...

— Rien de grave, au moins ?...

— Oui et non, je te dirai ça...

Simone, craignant d'être indiscrète, s'était levée et s'apprêtait à prendre congé. René lui fit signe de rester.

Autre apporta le potage.

— Servez le tout de suite, dit Mme Croizier, quand monsieur aura [illegible]

— Bien, madame.

Il y eut un instant de silence pendant que la domestique exécutait l'ordre. Quand elle fut sortie, le député s'adressa à Simone.

— Je me suis chargé de vos intérêts, ma chère enfant, j'aurais voulu pouvoir vous apporter une bonne nouvelle, hélas ce n'est pas [illegible] être tort de m'alarmer, aussi ne parlerai-je pas encore de [illegible] ni à madame votre mère. Toutefois, je préfère vous avertir. Il se pourrait que vous eussiez à subir une perte d'argent, assez... assez...

Il cherchait une épithète, la jeune fille balbutia :

— Considérable ?...

— Mon Dieu !... hum !... hésita-t-il.

Elle reprit :

— Je vous en prie, monsieur Croizier, ne me traitez pas en petite fille, ne me cachez rien. Je suis courageuse et préparée à tout [illegible] si maman se rétablit peu à peu, il faut lui éviter toute [illegible] ni ennui, je saurai lutter, je m'en sens la force !...

— Je vous dirai la vérité, dit René.

Rapidement, il mit Simone au courant des renseignements que lui avait fournis le notaire, dans la journée, renseignements confirmés par son [illegible]

— La Société minière a interrompu ses paiements. Les actions sont [illegible] C'est une perte sèche, pour [illegible] madame votre mère et pour vous [illegible] d'une centaine de mille francs, presque tout votre avoir.

— Travaillez, déclara Simone, je travaillerai. Il faut [illegible]

tion de mon père, soit deux mille francs, si j'en gagne autant, nous aurons de quoi vivre à nous deux !...

— J'ai des amies de lycée dont les parents sont de grands commerçants, des industriels, des banquiers, je ne rougirai pas d'aller les trouver et de les prier de me procurer un emploi, sinon chez eux du moins parmi leurs relations.

— Votre intention est louable mais pour quel emploi avez-vous des aptitudes ?...

— Papa, l'an dernier, m'avait fait cadeau d'une machine à écrire. J'ai pris des leçons de sténo et de dactylo, au lycée. Pauvre papa ! il ne pensait guère que cet objet que je lui demandais, par caprice et pour mon plaisir, me servirait peut-être de gagne-pain.

— Sténo-dactylo !... s'écria Croizier, mais c'est un métier très fatigant !... Vous serez enfermée dix heures par jour, dans un bureau...

— Il y a des quantités de jeunes filles qui travaillent dix heures par jour et qui ne s'en portent pas plus mal, reprit Simone.

— Moi, je vous approuve, intervint alors Mme Croizier mère, vous avez raison de vouloir travailler. Chacun fait sa vie !...

— Oh ! merci, merci, Madame, de m'encourager, fit la jeune fille.

— Allons, souscrivit le député, puisqu'il en est ainsi, je ne soulève plus d'objections. Seulement, en ma qualité de subrogé tuteur, laissez-moi vous donner un conseil. Abandonnez votre idée de demander service à d'anciennes amies, vous ne récolteriez que des blessures d'amour-propre. Laissez-moi me charger de trouver quelque chose de conforme à vos goûts et à votre éducation. Je m'en occuperai dès la rentrée... Parmi mes collègues, c'est bien le diable !... Eh, mais !... tenez !... voulez-vous commencer un apprentissage ?...

— Quand on voudra !...

— Mon secrétaire est encore en congé, pendant trois semaines, j'ai pas mal de travail et de correspondance en retard. J'ai un tas de documents à consulter, des fiches à classer, des notes à rédiger, des circulaires à envoyer... Voulez-vous m'aider à mettre de l'ordre dans tout cela ?...

— J'accepte et je vous remercie de grand cœur. Pourtant, je ne voudrais pas que votre secrétaire à son retour se figurât que, pendant son absence, j'ai voulu le supplanter.

— Il ne se figurera rien du tout. Maurice Gervaix est un garçon que j'estime beaucoup et qui sait parfaitement qu'il peut compter sur moi, comme je compte sur lui. Il sera enchanté, au contraire, que je lui ai évité de la besogne.

— Dans ces conditions, je suis heureuse de vous être agréable.

— Maintenant, ma petite, conclut Mme Croizier, il ne faut plus songer qu'à une chose. Bien profiter des derniers beaux jours ici, faire une provision d'air et de santé pour être forte quand vous entreprendrez la lutte. Et, ceci dit, embrassez-moi, vous en mourez d'envie !...

Entre le député et Simone, il fut convenu alors que l'on informerait plus tard Mme Faverolles du désastre de ses finances. On attendrait que sa santé soit assez solide pour lui permettre de supporter un nouveau choc.

La jeune fille préviendrait simplement sa mère qu'elle se rendait utile à M. Croizier, en l'absence de son secrétaire.

Dès le lendemain, tous deux se mirent au travail, dans le luxueux cabinet du rez-de-chaussée. Il y avait, entassées sur le bureau, un monticule de paperasses, dont le tri leur demanda plus de deux grandes heures.

Ils s'absorbèrent si bien dans cette besogne qu'ils laissèrent passer le moment du déjeuner. Ce fut Mme Croizier qui vint les rappeler à la réalité..

— Eh bien, le déjeuner est prêt ! Aurélie ronchonne, elle déclare que ses perdrix aux choux ne seront plus mangeables !...

— Ah ! maman, il n'y a rien de tel que les paresseux lorsqu'ils s'y mettent !... déclara René en riant.

— Parle au singulier, mon gars, protesta la mère, ce sera plus exact !... Mais dépêchons, ne nous exposons pas aux jérémiades de la cuisinière !... Nous avons fait ce matin une longue promenade, Mme Faverolles et moi, nous mourrons de faim, toutes les deux !...

En effet, Gabrielle avait, ce matin-là, les pommettes rosées, le teint frais, son regard était moins voilé, moins triste.

— Le grand air vous a donné de bonnes couleurs, constata René.

— Il me semble que j'ai faim !

— Bon signe ! Je savais bien que notre Brie vous serait favorable.

— Je le crois. Et aussi, les gens sont si aimables !

— Oh ! sourit le député, vous allez sûrement beaucoup mieux, vous redevenez flatteuse.

— Ce n'est pas un compliment à votre adresse, reprit-elle. Mme votre mère et vous, vous avez une place à part dans mon cœur et dans celui de ma fille. Je parle des habitants du pays, des Briards !... Ce matin, nous sommes allés jusqu'à la ferme du Petit-Moulin, les Minot nous ont fait un accueil charmant. La fermière paraissait navrée que notre deuil empêchât Simone et moi d'assister au mariage de sa fille aînée, le mois prochain. Il paraît que vous êtes témoin de la mariée !

— C'est ma foi vrai !... Ma charmante secrétaire voudra bien me rappeler cette obligation, en temps voulu, me voyez-vous, ce jour-là, partir à la chasse au lieu de conduire Marie Minot devant le maire et le curé ?... Quel impair !...

— Je n'oublierai pas, affirma Simone, d'ailleurs, je vois Marie et Berthe presque tous les jours. Il paraît que leur père tient à ce que la noce soit célébrée suivant la tradition briarde, ce qui ne sourit qu'à moitié à Marie.

— Marie est comme toute la jeunesse d'aujourd'hui, entichée des coutumes et des modes de la ville. Ah ! le père Mathurin avait raison l'autre jour, « les vieux usages s'en vont avec les vieilles gens ! »... Et c'est d'un œil indifférent que le plus grand nombre de mes concitoyens les voient aujourd'hui disparaître. Les traditions se perdent, hélas, il est vrai que c'est notre faute.

— Comment votre faute ?...

— Eh oui, notre faute, à nous, les législateurs ! Nous ne nous soucions pas assez du sort des travailleurs de la terre. Nos ministres de l'agriculture ignorent la maxime de Sully : « Le labourage et le pâturage sont les deux mamelles d'or de la France, vraies mines du Pérou ! » C'est notre indifférence qui dépeuple les campagnes.

« Pour que notre terre de Brie continue à être la Reine des Blés, pour que la Beauce conserve les richesses de ses plaines, la Bourgogne ses vignes, la Normandie ses vergers, pour que, du Nord au Midi, le paysan ne soit pas tenté d'abandonner ses champs qui forment une grande partie de notre avoir national, il faut donner aux producteurs non seulement les moyens de produire, mais encore la sûreté de pouvoir librement écouler leurs produits.

« Si nous voulons que le paysan reste attaché à la glèbe, formons dans la mère-patrie, une série de petites patries. Conservons pieusement les traditions des ancêtres, tout en marchant avec le progrès.

« Si nous voulons que le cultivateur élève ses fils avec l'intention de les voir continuer son œuvre, et non avec cette idée d'en faire des messieurs qui iront, dans les villes, encombrer les administrations et deviendront d'inutiles budgétivores, il faut que les pouvoirs publics les protègent par des lois intangibles.

« Seulement, nous autres députés, nous passons notre temps à faire de la politique et comme les questions commerciales, industrielles, agricoles, ne sont pas de la politique, on les relègue au second plan.

Mme Croizier, Gabrielle et Simone écoutaient René. Il s'était soudain emballé comme il aurait fait à la tribune de la Chambre. Sa voix était prenante, ses yeux vifs animaient sa physionomie. Il s'opérait en lui comme un rajeunissement.

Aurélie s'était arrêtée à la porte de la salle à manger, un légumier

dans les mains, n'osant pas faire un mouvement, subjuguée par les
paroles de son maître.

Cependant, comme le plat, invisible par un escalier dérobé, montait,
elle poussa une exclamation :

— C'est tant beau c'que dit Monsieur, que je m'en oublie !...

L'inspiration du député fut coupée net.

— Nous reprendrons ces graves questions, au cours de nos entre-
tiens de chaque matin, dit-il à Simone.

La conversation dévia sur d'autres sujets et le déjeuner s'acheva gai-
ment.

Il y avait dans la bibliothèque de M. Croizier, une série de livres
sur l'agriculture, l'acclimatation, la physiologie végétale et animale, des
rapports du conseil général sur la station agronomique de la Seine-et-
Marne, tous, reliés d'une couverture en maroquin vert, soigneusement
alignés sur les rayons.

À une interrogation de la jeune fille sur ces précieux bouquins, René
répondit franchement :

— Mon père, tout paysan qu'il était, aimait à se documenter pour
s'instruire, moi, je vous avouerai que, de ces livres, je n'ai jamais lu que
les titres. Si le cœur vous en dit, vous pouvez les parcourir, je ne crois
pas que cela vous intéressera beaucoup !

— Pourquoi pas, fit Simone.

Au bout de quelques jours, à sa grande surprise, elle commença à dis-
cuter avec lui les questions ardues d'économie rurale.

De suite, il fut étonné de trouver chez une jeune fille tant de sagacité, de jugement et de raison. Il s'ingéniait à provoquer ses demandes
de renseignements, elle l'intéressait au plus haut point.

Il était émerveillé de sa jeunesse, de ses aptitudes, des lueurs qui
passaient dans ses yeux lorsqu'ils causaient de leurs travaux.

— Simone, lui dit-il en riant un jour, vous êtes une perle !... Il
faut que je vous trouve un mari !

— Vous oubliez, Monsieur Croizier, reprit-elle, que je n'ai plus de
dot... Je ne voudrais pas être à charge à mon mari. Lorsque j'aurai une
situation absolument suffisante pour vivre, peut-être songerais-
je... Pour l'instant, c'est le moindre de mes soucis !...

— En voilà une femme, se dit René lui pensait...

— Quelle admirable femme ce sera !... Si je n'avais pas vingt-cinq ans
de plus qu'elle, je lui demanderais de l'épouser... je suis riche et elle
a des trésors d'intelligence... ... ... !

Mais il ne voulait pas rappeler à ... ... Simone était au
printemps de sa vie, lui, à ... l'automne.

IV

Un soir, à table, René Croizier annonça :

— Maman, il faudra préparer l'appartement du petit pavillon, Maurice Gervaix arrive demain.

— Ton secrétaire !...

— Oui, maman. Le Parlement ne rentre que le 20 octobre. Maurice
n'a rien à faire à Paris, autant qu'il vienne ici, il me sera utile.

— Mais, observa Mme Faverolles, nous allons vous gêner, je ne
voudrions pas abuser de votre hospitalité, je me sens forte. Nous sommes
en état de partir Simone et moi.

— Pas du tout, pas du tout, se récria Croizier, j'ai encore besoin du
concours de votre fille, chère Madame, ne s'est-elle pas imaginée de travailler un projet de loi que je présenterai à la Chambre à la rentrée...

Berthe distribuait aux poulets des graines (page 30).

Pensez donc. Il y a de quoi me faire devenir ministre !... Votre fille me rend ambitieux !...

— Et puis, ajouta Mme Croizier mère, Maurice est un peu notre enfant. C'est un garçon sérieux, homme du monde, avocat. Malheureusement, il n'a pas de fortune. Ses parents sont de modestes fonctionnaires du canton de Melun. La mère est receveuse des postes et le père, facteur rural. Ils se sont saignés aux quatre veines pour donner à leur fils une profession libérale. En attendant qu'il ait une clientèle, mon fils a pris Maurice comme secrétaire.

— Dame, il m'intéresse ce garçon !

— Ah ! comme papa avait raison, s'écria Simone. Il était votre ami parce que vous êtes la bonté même. Vous êtes un grand cœur !... Du reste, cela n'a rien d'extraordinaire quand on a une mère comme la vôtre !

— Ah ben, c'était ! ah ! ben, c'était !... feignit de s'indigner la noble paysanne, elle a failli me faire rougir !... Pour votre punition, mademoiselle, vous resterez avec nous jusqu'à ce que je vous mette à la porte !...

S'adressant alors à la cuisinière :

— Aurélie, ordonna-t-elle, vous direz à Justin de mettre en état la chambre verte et le cabinet de travail du premier, dans votre pavillon.

— Eh là ! eh ! là !... protesta la servante, y a belle lurette qu'on n'a point ouvert. Ça va-t'y pas senti l'moisi ?...

— Est-ce que cela vous gêne ? questionna René.

— Bien sûr c'qu'non !... ça nous gênons point, en tant qu'y s'ra comm'cheux lui, vot'mossieu, l'entrée d'l'escalier donnant su' la cour, y n'aura pas b'soin d'passer par cheux nous.

— C'est à cela que j'ai pensé, ma bonne, reprit le député, vous, chez vous, lui, chez lui, nous, chez nous, chacun chez soi !... Aux heures des repas vous en serez quitte pour mettre à cette table, un couvert de lui, ça ne compliquera pas beaucoup le service ! Et voilà !... Aurélie, lorsque l'on veut, tout s'arrange.

— Évidemment, ben sûr j'préviendrons not'homme !...

Le secrétaire du député, Maurice Gervaix, était, comme l'avait dit Mme Croizier, fils d'un facteur rural et d'une modeste receveuse des postes de l'arrondissement de Melun.

Il avait obtenu, au collège de cette ville, une bourse départementale, avait fait des études complètes, passé ensuite sa licence en droit et s'était fait inscrire au barreau de Paris.

Blond, de taille moyenne, les yeux marron clair, il y avait de la bonté dans son regard, de la mélancolie dans son sourire.

Il était mis sans recherche mais non sans une certaine élégance.

Au premier abord, on pouvait le prendre pour un rêveur, en réalité, ce fils de paysan, sous sa timidité apparente cachait une force de volonté d'arriver à se créer une place honorable dans la société.

Maurice savait pertinemment qu'il pouvait compter sur la protection du député, mais il ne voulait acquérir un rang que par son mérite et non par la faveur. Il bûchait !...

Le travail de recherches commencé par Simone, fut continué en commun.

Un rapport fortement documenté servait de prodrome au projet de loi que René se proposait de présenter au Parlement à la rentrée.

Pendant trois semaines, tous les matins, sous la direction du député, les deux jeunes gens travaillèrent. De cette collaboration, aucune intimité ne semblait être née entre eux. Simone gardait, vis-à-vis de son collaborateur, une politesse froide, une attitude réservée dont, à aucun moment, elle ne se départit.

Quant à lui, la présence de la jeune fille le troublait étrangement.

Il se sentait entraîné vers elle, séduit par la grâce virginale de ses dix-huit ans, par son esprit droit, par sa franchise, par ce je ne sais quoi d'attirant qui émane de la jeunesse et de la beauté.

— Est-ce que j'aimerais, se demandait-il ?

Jusqu'à ce jour, travailleur acharné, il ne s'était donné nullement le temps de songer à l'amour.

Et voilà que, soudain, apparaissait, dans son existence embrumée d'austérité et de labeur, un rayon clair, une éclosion de printemps !...

Etait-ce le bonheur qui lui souriait ?...

N'était-ce pas plutôt une vision fugitive qui allait s'évanouir avec les beaux jours ?...

On était à la fin de septembre, et, comme le disait René, on ne devait revenir à Paris que le 20 octobre, pour la rentrée des Chambres.

Le travail en commun était achevé et cette cessation de collaboration journalière avec Simone amenait un désarroi dans les habitudes du jeune secrétaire.

— Que vais-je faire, maintenant, se demandait-il, rester ... ou aller chez mes parents ?... Il ne savait quel parti prendre.

Or, ce matin-là, après avoir écrit à sa famille, Maurice Gervaix était allé, avant le déjeuner, mettre à la poste la lettre qu'il désirait faire partir par le courrier de midi.

La journée s'annonçait superbe !...

Au lieu de revenir à la villa par le pays il prit le sentier des bords du Morin.

Les arbres se dépouillaient et jonchaient le sol de leurs feuilles rouillées.. Une senteur fraîche s'exhalait des mousses que des rais de soleil zébraient... Le Morin coulait lentement avec un murmure berceur, très doux. Des oiseaux pépiaient comme au printemps.

A travers les arbres, de l'autre côté de la rivière, s'étendait la plaine à perte de vue, les laboureurs étaient à la charrue, dans le lointain, des cloches tintaient.

Une immense mélancolie envahissait l'âme de Maurice tandis qu'il marchait, en foulant aux pieds les feuilles mortes qui tombaient des branches.

Est-ce qu'il n'allait pas voir tomber les illusions de son rêve comme les feuilles !...

— Aimer, dois-je aimer, se demandait-il.

« Je n'ai aucune situation établie, il me faut lutter, longtemps encore, avant d'obtenir la consécration de mon talent !... Qui sait ?... cinq ans, dix ans, peut-être !...

« Et puis, Simone partage-t-elle les sentiments que je professe à son égard...

« Ce n'est guère, qu'en la présence du député qu'elle se départit de sa réserve !... Lorsque par hasard, nous nous sommes trouvés seuls, dans le bureau, nous n'avons jamais eu qu'une conversation banale, un dialogue insignifiant et décousu.

« A table, elle m'adresse à peine la parole, aux autres heures de la journée, elle ne se rencontre jamais sur mon chemin !...

« Je lui suis donc parfaitement indifférent, déduisait-il.

Alors, allait-il se laisser aller à une passion sans espoir ?... A quoi bon poursuivre un rêve si le réveil doit fatalement apporter la douleur et les larmes !...

— Pourtant, pourtant, murmura-t-il, il faut que je lui parle !...

Un scrupule lui vint :

— Oui, mais je suis l'hôte de M. Croizier, une démarche aussi délicate que celle que je veux tenter auprès de Mlle Faverolles peut-être très mal interprétée. M. Croizier pourrait me reprocher de méconnaître les lois de l'hospitalité ! Il vaut mieux que je prenne conseil de lui, avant tout !...

— Ben, bonjour... comme vous voulez ?

— Merci, père Mathurin. Et vous ?

[...] vous vous promenez [...]

[...] Ces dames sont toujours à la ville, père Maurice, mais quel [...] est-il entre d'la ville et ma promenade ?...

— Rapport au commerce, parguenne ! si c'qu'on dit dans l'pays [...] de vous rencontrer pour [...] sans vous commander, bin sûr !...

— Qu'est-ce que vous me racontez là, qu'est-ce que vous [...] ?

— Ouais, vous êtes fino, m'sieur Maurice, je l'sais bien [...] autant qu'vous !...

— Expliquez-vous, je vous en prie, pour l'instant vous me [...]

[...]

Ce que ne disait pas le paysan c'est que c'était lui le promoteur et le principal colporteur de ces commérages.

A Paris, on s'ignore entre voisins, la vie absorbante des affaires laisse trop peu de loisirs pour que l'on se préoccupe des faits et gestes des gens.

Evidemment, dans les quartiers populeux, on se livre bien au petit jeu des racontars et des suppositions plus ou moins fantaisistes. Les ménagères ne se gênent pas, quand elles vont aux provisions, chez les fournisseurs ou au marché, pour propager des potins sur Mme X ou Mme Z, sur le petit jeune homme de la maison d'en face, ou sur la demoiselle de la poste.

Seulement, chaque jour un fait nouveau remplace celui de la veille, autant en emporte le vent dans le tourbillon de la grande ville.

A la campagne où la vie s'écoule avec une régularité monotone, le moindre événement prend de suite, une importance considérable.

On le commente, on le discute, on le colporte de bouche en bouche, la boule de neige grossit, grossit et a bien du mal, ensuite, à fondre au soleil de la vérité.

Les suppositions du père Mathurin avaient en somme une apparence de vraisemblance.

D'ailleurs, le ménétrier n'y mettait aucune arrière mauvaise pensée.

La présence de Mme Faverolles et de sa fille à la villa de Mme Croizier se prolongeant, le vieux paysan avait conclu que son hypothèse du premier jour se confirmait. Elle avait changé de données, voilà tout !... Mais, sûrement, il y avait anguille sous roche !...

Maurice, en revenant à la villa, se sentait vexé au fond. Il était le héros d'une histoire qui courait tout le village et il n'avait rien dit ni rien fait pour cela. Il n'avait même pas à se reprocher la moindre imprudence, la plus petite incorrection.

Ah ! comme il aurait désiré que ce fut vrai !

Une crainte lui venait soudain :

— Si ces racontars allaient parvenir aux oreilles de Simone ou du député ?... N'allaient-ils pas s'émouvoir de ces propos ?... N'allaient-ils pas le considérer comme leur auteur responsable ?...

« Mieux vaut aller au-devant du danger, pensa-t-il, provoquer moi-même une explication dût-il m'en couter.

« Ne ferais-je pas mieux, objecta-t-il aussitôt, de mettre entre Simone et moi une distance infranchissable, partir d'abord, jusqu'à la rentrée chez mes parents, puis prétexter une maladie pour ne pas reprendre mon poste ensuite ?...

Mais M. Croizier comment prendrait-il cette détermination subite ?...

Oh ! comme toutes ces questions qui se présentaient à son esprit l'importunaient ?... A peine avait-il trouvé une solution à l'une qu'immédiatement, une autre venait annuler la précédente !...

Finalement, il revint à sa première idée :

— Le mieux, est que je parle à cœur ouvert à M. Croizier, et le plus tôt, il le faut !... Je le verrai dès cet après-midi.

La cloche du déjeuner le rappela à la réalité. Il se hâta de rentrer par le clos.

Comme il passait dans le vestibule de la villa, pour entrer dans la salle à manger, Mme Faverolles et le député étaient dans le bureau.

Maurice entendit Gabrielle dire à René :

— Votre proposition m'honore, Monsieur Croizier. Et je parlerai dès ce soir, à Simone... Si elle accepte, j'en serai très heureuse ; dans le cas contraire, croyez bien que ma reconnaissance vous demeurera acquise !...

— De toutes façons, je resterai votre ami dévoué.

— Notre ami, notre meilleur ami, reprit la veuve.

Soudain, les paroles du père Mathurin revinrent à l'esprit du jeune homme.

Est-ce que le député penserait à épouser Simone. Comment alors pourrait-il lutter, lui, malgré sa jeunesse et sa foi en l'avenir, contre

Seulement, voilà !... Ni la mère ni la fille n'accepteront un cadeau pareil !... Comment faire ?...

C'est ça !... c'est bien ça !... j'y suis, oh ! comment diable n'y ai-je pas songé plus tôt !... Je vais racheter en sous-main, une certaine partie des actions minières qui ne valent pas un liard, à prix fort, bien entendu !... Et voilà !... Mais, le mari ?... Ah, oui !... le mari !...

Soudain, il tressaillit, il venait d'avoir conscience d'un danger auquel, jusqu'à ce jour, il n'avait pas songé

— Cette protection que j'accorde à Simone, s'interrogea-t-il, est-elle réellement désintéressée ?... Non !...

Ce n'est pas de l'amour et, pourtant, c'est une amitié dangereuse pour elle comme pour moi !... L'affection que je porte à ma pupille n'a plus rien de paternel..

Après tout, ce n'est pas impossible. J'ai quarante ans, Simone a dix-huit ans !... Certainement, il y a une grande différence d'âge mais en somme, je ne suis pas vieux !...

Je n'ai pas abusé de ma jeunesse, je n'ai jamais eu de liaisons sérieuses !... Mon cœur est intact !... Jusqu'à ce jour, je ne croyais pas à l'amour !... Il m'a fallu arriver à la maturité pour que j'entendisse sonner l'heure d'aimer !... Vais-je la laisser s'écouler sans en profiter !...

Une flamme brilla dans ses yeux, presque aussitôt éteinte !... Il recommença à arpenter le tapis.

— Je ne puis pas, murmura-t-il, je ne puis pas avouer à Simone que, moi, quadragénaire aux cheveux déjà gris, je...

Il n'acheva pas sa pensée et envoya un coup de poing rageur, dans le cartonnier.

— Ma parole, grogna-t-il, cela n'a pas le sens commun !... Est-ce que je deviens fou ?...

René revint s'asseoir dans son fauteuil et de nouveau, se mit à songer silencieusement. Un combat intérieur se livrait au fond de son âme. La voix de sa conscience protestait :

— Te figures-tu ; lui disait cette voix, te figures-tu que le cœur ne vieillit pas ?...

Es-tu capable de rendre Simone heureuse ?...

Qui te dit qu'elle consentira à t'épouser ?

Tu es riche et c'est ta richesse qui te rend égoïste !... Sous l'apparence d'une bonne action tu essaies d'excuser une passion tardive !...

Egoïste !... oui, tu l'as toujours été, tu as laissé passer ta jeunesse sans te soucier d'aimer. Lorsque l'heure est sonnée, tu ne l'as pas entendue ou plutôt tu as feint de ne pas l'entendre !... Tu te laissais vivre, insouciant : « J'ai bien le temps, disais-tu !... L'avenir est à moi ! »

Regarde en arrière, maintenant, tu seras consterné de la route déjà parcourue, regarde en avant, tu seras effrayé du chemin qui te reste à parcourir !...

Songe qu'il n'en est pas de l'être humain comme des arbres !... Ceux-ci se dépouillent de leurs feuilles, en ce moment, mais la sève n'est qu'engourdie, elle retrouvera au printemps une nouvelle vigueur et d'autres feuilles renaîtront. Hélas !... la jeunesse, l'amour, les illusions, ces feuilles de l'arbre humain tombent, elles aussi, et bien souvent, avant l'automne, mais quand elles sont tombées, c'est pour toujours, elles ne reverdissent jamais !... L'hiver de la vie n'a pas de renouveau !...

— Quoi, répondait une autre voix, qui exprimait les pensers germés dans le cerveau de René, parce que je suis à l'Automne, je n'ai pas le droit de revivifier mon âme aux sources fraîches et pures de la jeunesse ?...

Simone a connu les larmes avant le temps normal, elle a vu ses rêves d'avenir faire place à la désillusion cruelle ; qui donc me blâmera de rendre à sa jeunesse le sourire, à son printemps un rayon de soleil ?...

Je suis égoïste, dis-tu, mais mon égoïsme n'est pas personnel puisqu'il procure à celle qui en est l'objet le moyen puissant qui aplanit toutes les difficultés de l'existence et qui, s'il ne donne pas toujours le bonheur, y contribue largement : la fortune !...

— Oui, oui, reprenait la voix grondeuse, tu aimes à la façon des félins qui se caressent eux-mêmes en caressant les autres !...

Mais prends garde !... en supposant que par reconnaissance, par compassion, peut-être, Simone accepte d'être ta femme, prends garde de ne pas commettre une grave imprudence !...

Le soleil d'automne n'a pas assez de chaleur pour permettre aux jeunes plantes d'éclore, toi, tu n'as pas assez d'amour pour rendre à un cœur de vingt ans les illusions qu'il a perdues !...

Le front de Croizier s'irradia tout à coup. Il se leva brusquement :

— Tant pis, j'essaierai ; décida-t-il !... Et, tout de suite !...

Il venait de reconnaître le pas de Mme Fayerolles qui descendait l'escalier.

Croizier croyait avoir trouvé de bonnes raisons de s'excuser devant sa conscience, il allait plaider pour lui. Il se précipita sur la porte de son bureau, l'ouvrit et, comme Gabrielle passait à ce moment, il lui demanda :

— Voulez-vous être assez aimable, chère Madame, de m'accorder quelques minutes d'entretien.

— Très volontiers, répondit-elle.

Gabrielle était une nature sensitive qui adorait sa fille. L'avenir de Simone était, à cette heure, le principal objet de ses préoccupations. Une peur la hantait, c'était de mourir subitement comme André.

Combien de fois, pendant qu'elle était dans un état de santé précaire, à la suite du deuil qui l'avait frappée, en plein bonheur, à Mers, l'avait-elle pas manifesté ses craintes en disant :

— Mon Dieu ! mon Dieu !... si je mourais à présent, que deviendrait Simone, qui veillerait sur elle ?... qui la protégerait ?...

Elle ignorait encore l'étendue du déficit de la succession de son mari. Simone, d'accord avec Croizier, lui avait fait pressentir une perte sérieuse, en raison de mauvais placements, sans entrer dans des détails qui auraient pu empêcher son complet retour à la santé.

Confiante dans la probité du député, dans son habitude et sa connaissance des affaires, elle attendait, patiemment et sans trop de souci, la solution qu'il lui apporterait.

Elle ne fut donc pas étonnée lorsque René, après lui avoir offert un siège, s'assit en face d'elle et lui dit :

— Puisque vous avez une minute à me consacrer, nous allons, chère Madame, parler un peu de l'avenir de Simone : Je sais que je vais avoir en vous, une auditrice bienveillante, toute disposée à m'entendre !...

En ce qui concernait la succession, il fit entrevoir à la veuve qu'elle récupérerait une partie, la moitié peut-être de sa fortune, les actions, affirmait-il, ayant une tendance à remonter, il guettait le meilleur mouvement de hausse, pour sauver tout ce qu'il était possible.

En réalité, il poursuivait son idée de racheter les mauvaises valeurs pour son compte personnel et de mettre dans la corbeille de noce ce cadeau dont la mère et la fille ne soupçonneraient point la provenance.

Il aborda alors la question délicate.

Simone était en âge de se marier. Ne fallait-il pas lui trouver un mari dont l'âge et le caractère présenteraient des garanties solides de son bonheur.

— Dans les romans, insinuait-il, une jeune fille rencontre un jeune homme, par hasard et de suite, elle a le « coup de foudre ». Vous savez aussi bien que moi que ce n'est pas ainsi dans la vie réelle. Trop souvent, le mariage n'est qu'une affaire où l'amour n'est qu'un accessoire et même un superflu.

Et, il se souvint à propos d'une phrase de Michelet dont il fit sa thèse et qu'il développa avec tout le charme de sa parole enveloppante.

— « Il lui faut un bras et un cœur !... Un bras solide sur lequel « elle s'appuie et qui lui aplanisse la vie. Un cœur riche où elle n'ait « qu'à toucher pour voir jaillir l'étincelle. »

désarroi dans l'âme de votre enfant, c'est à vous, sa mère, que je devais m'adresser, c'est à vous que je devais me confesser, demander conseil, et si vous m'en jugez digne, solliciter votre appui !...

A la fin du plaidoyer de Croizier, Gabrielle était convaincue qu'il serait un gendre parfait et que le bonheur de Simone était assuré si elle consentait à s'unir à lui.

— Mme Croizier est-elle au courant de votre démarche, demanda-t-elle ?...

— Non. Je n'ai rien dit à maman. Je suis sûr d'avance qu'elle m'approuvera. Avant de lui en parler, je préfère que vous ayez consulté votre fille. Maman se croirait obligée de plaider pour moi. Or, je ne voudrais pas que Simone se laissât influencer pour rendre sa réponse...

C'est alors que Mme Faverolles avait prononcé la phrase entendue par Maurice, phrase qui l'avait si douloureusement troublé.

La conversation, pendant le cours du repas, se ressentit naturellement des préoccupations de ces trois convives.

— Quel vent a donc soufflé sur la villa, remarqua Mme Croizier, au dessert, en s'adressant à son fils. Tu as l'air dans les nuages, Mme Faverolles a l'esprit absent, M. Maurice est muet !...

— Vous savez bien, chère Madame, répliqua vivement Simone, que ma mère est fort peu causeuse. Je ne suis pas inquiète parce qu'elle m'a affirmé ce matin, que sa santé était tout à fait rétablie. Quant à ces messieurs, je suis certaine d'avoir deviné le sujet de leur mélancolie.

— Ah ! bien c'étant !... s'écria Croizier, en éclatant de rire. Je parie bien que non !...

— Ne pariez pas, vous auriez perdu !...

— Ah bah!..

— Oui !

— Dites voir, dites voir !... insista Mme Croizier, en riant à son tour.

— Voici... M. René prépare le discours impromptu qu'il prononcera demain au mariage de Marie Minot et M. Maurice songe qu'il faudra copier ce discours pour l'envoyer à « L'Eclaireur » et au « Démocrate ». A côté des compliments de la mariée il y aura forcément une petite mais vibrante péroraison à l'adresse des électeurs !...

— Voyez-vous ça, Mam'selle critique, en voilà une vilaine bêcheuse !...

— N'empêche, reprit la mère du député, qu'elle a mis le doigt dessus !... Simone vous êtes étonnante !... Savez-vous que vous allez me manquer beaucoup, beaucoup, dans quelques jours!... La maison va me paraître d'un vide!... Ah ! si mon fils m'avait écoutée, il m'aurait, pour ne pas me laisser toujours solitaire, donné une bru et des petits enfants!...

Elle eut un long soupir et reprit presque aussitôt.

— Il est vrai que cette bru, je la souhaitais parfaite !... parfaite comme vous !...

— Madame Croizier, vous me faites rougir !

— Mais non, mais non! je dis ce que je pense !...

— Et moi, je pense que je vous aime bien, reprit la jeune fille. Je vous aime comme une seconde maman!...

L'arrivée d'Aurélie, qui apportait le café, fit cesser cette conversation qui mettait Maurice Gervaix sur des charbons ardents.

— Dites à Justin de préparer l'auto, commanda René à la domestique. J'ai rendez-vous cet après-midi avec le Sous-Préfet, à Coulommiers. Venez-vous avec moi, Maurice ?...

— Si vous n'avez pas absolument besoin de moi, répondit le secrétaire, je préférerais rester. J'ai de la correspondance personnelle fort en retard !...

— Comme il vous plaira, mon ami !... Je vous proposais simplement une ballade!...

— Et moi, sourit Simone, m'emmenez-vous ?...

— Ma chère enfant, ce serait avec le plus grand plaisir, mais je crois savoir que Mme votre mère a l'intention de sortir avec vous, cet après-midi !...

— Tant pis !...

Les convives se levèrent de table.

Maurice s'empressa de s'éclipser et de regagner son appartement du Pavillon. Les paroles qu'il entendait à présent étaient pour lui autant de coups d'épingles qui s'enfonçaient dans son cœur meurtri...

IV

— Ouvrez tout grand la porte,
Votre fille vous revient !...
C'est la joie qu'elle apporte !
Ah ! festoyez-la bien !...

Sur les marches de pierre, à la porte de la maison, Marie Minot essayait, mais en vain, de tourner le loqueteau pour ouvrir et, sur une mélopée très douce, chantait ce couplet auquel une voix, de l'intérieur, répondait :

— Qu'êtes-vous la belle ?...
Avec vos beaux atours ?...

Indifférente, en apparence tout au moins, la plus jeune sœur, Berthe, pendant ce temps, en jupe courte, en sabots, les manches retroussées au-dessus du coude, distribuait à tout un régiment de poules, de dindons, d'oies et de canards, des poignées de graines que les volatiles becquetaient avec des gloussements et des coincoinements de joie.

Berthe Minot donnait cette impression de robustesse et de santé épanouie qui est la beauté campagnarde.

Attentive, à ne pas favoriser les uns plus que les autres, elle surveillait du coin de l'œil les plus voraces et protégeait les faibles contre les forts, les timides contre les audacieux.

Au tintement de la clochette de la barrière qui fermait la porte d'entrée, Berthe se retourna et Marie cessa de chanter.

Vidant d'un seul coup le fond de son sac de graines, au risque d'amener un conflit entre les poules et les canards, les dindons et les oies, Berthe se précipita au-devant de Mme Faverolles et de sa fille, tandis que Marie frappant plus fort à la porte, criait :

— Maman !... Une visite !... C'est Mme Faverolles et Simone !...

René Croizier, en refusant d'emmener Simone en auto, sous le prétexte qu'elle avait à sortir avec sa mère, indiquait à la veuve le moyen d'avoir une conférence avec sa fille, pendant son absence, et il espérait ainsi être fixé, en rentrant.

— Et où allons-nous, demanda la jeune fille à sa mère. Tu as besoin de moi, ce tantôt ?...

— Oui, mon enfant. Nous ne pouvons, en raison de notre deuil, assister demain à la noce de Marie Minot. J'estime qu'il est convenable de faire une visite à sa mère pour nous excuser. Nous leur apporterons nos meilleurs vœux. Marie et sa sœur, Berthe, se sont toujours montrées charmantes à ton égard, elles seront sensibles à notre démarche.

— J'en suis persuadée, ma chère maman. Je fais un bout de toilette et je suis à toi.

— C'est cela !...

— Au retour de notre promenade, songeait Mme Faverolles, il me sera facile d'amener la conversation sur le sujet mariage et je parlerai de mon projet à Simone !...

« Je ne veux pas l'influencer, non !... Mais la proposition de René n'est

— Oui, madame Minot, mais ces qualités ne valent pas des rentes !...

— Qui sait, on ne sait pas, on ne sait jamais, c'est toujours quand on s'y attend le moins, qu'heur ou malheur, la tuile tombe !...

Berthe, pendant ce temps, avait préparé le panier.

— J'ai ajouté une livre de beurre, déclara-t-elle, ainsi qu'une douzaine d'œufs frais, pour Mme Croizier.

— Tu as bien fait, ma fille, ça coûte si peu et ça fait tant plaisir !...

Mme Faverolles et Simone, en quittant la ferme, prirent le chemin du bord de l'eau.

— Marchons doucement, dit Simone, le panier est lourd...

Elle remarqua l'air préoccupé de sa mère :

— Qu'est-ce que tu as, maman, tu parais songeuse. Est-ce parce que j'ai promis à Mme Minot d'assister à la réception de la mariée. Ce n'est pas parce que je suis en deuil que je ne puis faire cette politesse ?... Ça te contrarie, dis-moi ?...

— Pas du tout !...

— Alors, à quoi songes-tu ?...

— A ton avenir !...

— Oh ! mon avenir, il n'est pas très brillant ! Mais je travaillerai...

— Ou tu te marieras !...

— Pouf ! s'exclama gaîment la jeune fille ! La brave fermière avait raison : « Heur ou malheur, c'est toujours quand on s'y attend le moins que la tuile tombe !... »

— Ne plaisantons pas, ma chérie, veux-tu, parlons sérieusement !...

— Maman, je t'écoute !...

Si décidée qu'elle soit à appuyer la demande de Croizier, Mme Faverolles, néanmoins crut devoir prendre quelques précautions oratoires. Elle commença donc par exprimer, de nouveau, à sa fille, ses craintes dans l'avenir, sa peur de mourir subitement, son tourment de la savoir condamnée à demander, à un travail pénible et journalier, les moyens de l'existence.

Elle serait heureuse de la voir mariée et bien mariée !...

— Alors, tu m'as cherché un mari ?... sourit Simone.

— Non ! il s'est présenté à moi. Je n'aurais pas osé penser à lui... Il s'appelle :

— Maurice Gervaix !...

— Non, ma fille !...

— Ah !... j'aurais cru...

— M. Maurice Gervaix, reprit la veuve, n'a pas encore de situation acquise, il est probable qu'il ne songe pas à prendre femme, en ce moment, du moins !...

— Pourtant, objecta Simone, il est jeune, intelligent, pas vilain garçon, c'est un timide, mais je crois qu'au fond, il est doué de beaucoup d'énergie !...

— Il est comme toi, ma pauvre enfant, riche d'illusions, mais c'est tout !... Est-ce que par hasard, il t'aurait laissé supposer qu'il avait des vues sur toi ?...

— Oh non, maman !...

— Ce serait donc un tort de penser à lui puisqu'il ne pense pas à toi... Celui qui demande ta main est un homme de cœur que j'estime au plus haut point... Il fera un excellent mari. Ton père aurait approuvé son choix car il fut son meilleur ami !...

— Quoi ?... mon tuteur ?... M. Croizier ?...

— Oui !

Une telle surprise se peignit sur les traits de Simone que sa mère ne put s'empêcher de lui poser cette question :

— T'inspirerait-il de l'antipathie ?...

— Certes non, mais je ne m'attendais pas, non je ne m'attendais pas du tout à ce qu'il pensât jamais faire de moi sa femme !... Je suis très honorée de sa demande, mais...

— Il y a bien la différence d'âge, c'est vrai. Mais tu trouverais auprès de lui mieux que dans un jeune homme, une protection plus sûre, une confiance plus absolue !... L'amour qui est aux prises, chaque jour, avec des difficultés de la vie n'est pas un amour qui dure !... M. Croizier est fort, actif, il a un fonds inépuisable de gaîté sérieuse, il est au-dessus de ses affaires, il m'a promis de te rendre heureuse, je le crois capable de ne jamais mentir à sa promesse.

La conversation commencée en cours de route reprit, dans la chambre de Mme Faverolles, une fois qu'arrivées à la villa, la mère et la fille eurent remis à Aurélie le panier des gâteries offertes par la fermière.

Au fur et à mesure qu'elle parlait, Gabrielle devenait plus éloquente et plus persuasive. Et Simone ne tardait pas à comprendre le mobile qui la faisait agir.

Sa mère avait peur de mourir en la laissant aux prises avec la pauvreté. Cette idée dominait toutes ses raisons.

La jeune fille savait que cette pauvreté serait même la misère puisque toute la fortune de son père avait sombré. Sur ce point, elle ne pouvait formuler d'objections.

D'autre part, elle s'en rendait compte, dépendait de la décision qu'elle allait prendre la santé, la vie même de Mme Faverolles.

Elle ne se donna pas le temps de réfléchir davantage, et, se jetant dans les bras de sa mère comme un oiseau apeuré se réfugie sous l'aile maternelle, elle l'embrassa tendrement en lui murmurant à l'oreille :

— Ton choix est mon choix. Tu peux dire oui !

Alors, tandis que Mme Faverolles exultait Simone rentra dans sa chambre et se laissant tomber dans un fauteuil, elle pleura longuement, longuement...

VII

Croizier rentra tard le soir.

Le Sous-Préfet avait insisté pour qu'il restât à dîner et il n'avait pu se soustraire à cette invitation. Les habitants de la villa étaient retirés dans leurs chambres respectives, depuis longtemps, lorsque Justin arrêta d'auto à la grille et carillonna :

— J'commencions à être en peine, déclara Aurélie en venant ouvrir !... Vous avez dîné à c't'heure, bin sûr !...

— Mais oui, mais oui !... répliqua le député, ne vous tourmentez pas, ma bonne, je m'excuserai demain, auprès de ces dames.

— Faudra bin, tout d'même !... Tout l'monde est couché à c't'heure !...

Sans répondre, cette fois, à sa bougonnante mais fidèle servante, le député monta sans bruit jusqu'à sa chambre, au premier étage. Il n'y avait aucune lumière chez sa mère. Il supposa qu'elle reposait et ne voulut pas la déranger.

Il était inquiet, cependant.

Mme Faverolles avait-elle parlé à Simone et quelle réponse recevrait-il le lendemain ?... N'allait-il pas être pris, dès la première heure, par la promesse qu'il avait faite d'assister comme premier témoin au mariage de Marie Minot ?... Saurait-il quelque chose

Il se morfondait de n'avoir pas su trouver un prétexte plausible pour décliner l'invitation du Sous-Préfet !... Pourquoi diable avait-il laissé les affaires politiques primer ses affaires de cœur !... Est-ce que celles-ci n'auraient pas dû passer avant celles-là ?...

Qu'avaient pensé Mme Faverolles et sa fille de son absence !... N'était-ce pas un manque d'empressement frisant l'inconvenance ?... Un amoureux de vingt ans n'aurait pas agi ainsi. Il est vrai que lui avait deux fois vingt ans !...

Pour chasser les mauvaises pensées qui affluaient à son cerveau, il éprouva le besoin de respirer largement. Il ouvrit sa fenêtre.

Éclairée par un superbe clair de lune, la campagne dormait... Au bas de la maison, une masse d'ombre formée par les arbres du verger ; plus loin les hauts peupliers versaient sur la rivière leur ombre mouvante sous une brise légère... Pas un bruit si ce n'est le murmure très doux de l'eau du Morin qui coulait.

Sous la lumière de la lune, le décor avait quelque chose de fantastique, d'impressionnant !...

Croizier resta longuement les yeux fixés dans le vague, en proie à des sentiments contradictoires qui se combattaient en lui. Un frisson lui rappela qu'il serait imprudent de continuer à rêver, dans la fraîcheur d'une nuit automnale.

Il se secoua, ferma sa fenêtre, se deshabilla et se mit au lit mais il fut longtemps sans pouvoir s'endormir, tant était grande la préoccupation dominante qui l'enfiévrait.

Le jour venait à peine de poindre, lorsqu'il fut réveillé par des voix joyeuses et des notes discordantes que jetaient des instruments criards à tous les échos endormis.

Précédés par le père Mathurin, râclant son violon, par un joueur de clarinette soufflant à s'en époumonner, une troupe de jeunes gens en blouse bleue, marchant deux à deux, parcourait les rues du village.

C'était le cortège matinal de l'aspirant au mariage, allant procéder aux dernières invitations.

Sur les portes ou sur les contrevents des noceux on pouvait, après le passage de ce bruyant cortège, lire, tracés à la craie, en lettres d'un demi-pied, ces mots mal orthographiés, par le garçon d'honneur :

« OBADE DONNÉ »

— Ah ! bin, c'étant !... Ah ! bin, c'étant !... s'exclama Aurélie, en ouvrant la grille aux visiteurs matineux, avé vot' crin-crin, vot' flûtiau et vos cris, vous serions capables ed' réveiller les trépassés !... Entrez tout d'même, le vin blanc est tiré ! J'crès bin qu' not' maître a dû vous entendre ! C'est-y Dieu possible d'être tapageurs ed'si matin !...

Croizier, en effet, descendait de sa chambre.

— Viv not' député !... s'écrièrent en chœur les visiteurs !...

— Entrez, entrez, mes amis !... soyez les bienvenus, fit-il en les introduisant dans la salle à manger.

Les voix se turent comme par enchantement, Mathurin et le joueur de clarinette mirent leurs instruments au port d'armes. Pressés les uns contre les autres, les gars intimidés soudain se regardaient en dessous, en tournant et retournant leur casquette entre leurs mains calleuses.

Enfin, le futur marié se détacha et respectueusement :

— M'sieur l'député, dit-il, c'est pour vous rappeler que le mariage civil est pour onze heures et la messe pour onze heures et demie. J'vous y espérons toujours, comme ed' juste !...

— Et je n'y manquerai pas, mon cher ami, à onze heures, je serai à la mairie.

— Et vous nous ferez l'honneur de venir déjeuner avec nous ?...

— C'est promis !...

— Et mame vot' mère ?... et ces dames ed'Paris ?...

— Vous excuserez Mme Favérolles, en raison de son deuil récent. Mlle Simone accompagnera maman à la bénédiction nuptiale et à la réception de la mariée probablement. Mais ne comptez pas sur elles pour les repas et les danses. Moi, je serai des vôtres toute la journée.

— Merci bin, m'sieur l'député.

Aurélie avait apporté des verres et les avait rempli d'un excellent Chablis.

— Et maintenant, mes amis, invita René, approchez-vous, et buvons à la santé des mariés !...

Les verres s'entrechoquèrent, le père Mathurin esquissa une ritournelle, la clarinette poussa un gémissement, il y eut des « hume » de satisfaction et des claquements de langue appréciateurs de la bonne qualité du vin.

Sur un signe de son maître, la vieille servante servit une seconde tournée, mais elle eut soin de recommander :

— Attention, les gars, tâchez moyen de n'pas trop vous salir el'bec avant à c'soir !...

Après le départ de la troupe joyeuse, Aurélie, tout en débarrassant la table, examinait Croizier du coin de l'œil. Elle remarqua :

— Qué qu'vous avez donc ?... Vous seriez-t'y pas malade, à c't'heure ?...

— Pas du tout, ma bonne, seulement j'ai mal dormi !...

— Ah ! bin, c'étant, tout d'même !... Faudrait pas qu'vous ayiez c'te mine ed' papier mâché quand ça s'ra vot' tour !...

— Mon tour ?...

— Bédame !... C'est-y qu'c'est pas bientôt que vous vous mariez ?...

— Qui est-ce qui vous a raconté cela ? riposta René intrigué.

— Tout un chacun et quiconque, pardine ! C'est l'occasion qui m'fait vous en causer !... On dit comm' ça, dans d'pays, qu'vous épousez Mam'selle Simone. J'en ons point causé à Madame parc' qu'elle m'en a core rien dit !... Mais je l'savons bin quante même !

— Ah ! vraiment !... Et vous avez cru cela, Aurélie, mais voyons, est-ce possible ?... J'ai presque le double de l'âge de Simone, je suis son tuteur, je pourrais être son père !...

Croizier, en répondant ainsi, cherchait à provoquer une réponse qui l'éclairerait sur l'opinion des gens du pays.

— Qu'est-ce que ça fait ? répliqua la bonne, quand des cœurs sont bin accordés, une femme ed' vingt ans et un homme ed' cinquante, ça peut encore bicher en m'sure !... Sauf vot' respect, vous êts d'attaque !... Et puis quoi !... Elle f'rait pas une mauvaise affaire, Mam'selle Simone !... Vous avez l'sac !... Et les écus ça rachète bin des illusions !... Mais, bouche close, là-dessus, v'là justement que j'entendons Mam'selle !... J'vous sers-t'y votre déjeuner ?... Une tasse ed'café noir !... ça vous requinquera !...

A la vue de René, Simone rougit, légèrement confuse de se trouver en sa présence, mais, immédiatement, elle remarqua sa pâleur.

— Vous êtes souffrant ?... questionna-t-elle.

— Un peu fatigué, oui !... J'ai mal dormi, répéta-t-il, songeant à ce qu'Aurélie venait de lui dire sur sa mine de papier mâché et il se sentit une morsure subite au cœur.

Allait-il s'exposer à s'attirer simplement la compassion ironique de cette enfant ?

— Je n'ai pas dormi du tout ! sourit-elle.

— Ah !... Madame votre mère vous aurait-elle parlé de... de mon projet ?...

— Oui !... Permettez-moi de prendre une goutte de café et, si vous voulez bien, ensuite, nous causerons !...

Un silence plana sur eux pendant qu'Aurélie les servait. Ni l'un ni l'autre ne toucha aux rôties beurrées, odorantes et chaudes.

— Alors ?... interrogea-t-il enfin.

Simone comprit son embarras et devant son trouble, elle surmonta de sien.

— Monsieur Croizier, répondit-elle bravement, vous avez été très bon pour moi. Je ne saurais comment vous exprimer ma sincère reconnaissance. Quand maman m'a fait part, hier, de votre demande qu'il...

Elle s'arrêta, cherchant ses mots, et reprit :

— ... de votre demande qui m'a surprise, mais qui me flatte et m'honore, j'ai répondu Oui !... Oui, sans arrière-pensée, je vous assure !...

— Simone, vous ne me devez aucune reconnaissance répliqua Croizier. En vous priant de venir ici avec votre mère, c'était en mémoire de votre papa, je voulais vous être utile à toutes les deux, Mme Faverolles et vous... puis, petit à petit, en travaillant, chaque jour, en commun, comme nous l'avons fait, mon affection pour vous a grandi... elle est devenue de moins en moins paternelle, elle est devenue... Est-ce que je vous fais de la peine, Simone, vous pleurez ?...

Deux grosses larmes, en effet, avaient brillé sous les paupières de la jeune fille et maintenant coulaient le long de ses joues.

— Ce sont des larmes qui me font du bien, soupira-t-elle, en essayant de sourire. Je suis encore sous le coup de l'émotion que j'ai ressentie... Je ne sais comment l'exprimer... je me demande si je puis croire à la possibilité du bonheur que vous m'offrez !...

— Vous avez réfléchi depuis hier et vous hésitez !...

— Non, Monsieur Croizier. Je n'ai pas changé d'opinion depuis hier. J'ai dit « Oui » à maman et je dis « Oui », à vous..

— Je comprends vos hésitations et vos regrets peut-être !... Je suis à l'automne de la vie, je suis loin certainement de remplir l'idéal que vous aviez rêvé. Mais, je vous assure, Simone, qu'au fond de mon cœur qui n'a jamais battu d'amour, j'ai enfermé des trésors d'affection et de tendresse, je serai pour vous...

— Le meilleur des amis, je le sais ! compléta-t-elle vivement. Je vous ai dit l'autre jour, que vous étiez un grand cœur, vous le démontrez une fois de plus. Grâce à vous, je ne connaîtrai pas les difficultés de la vie, grâce à vous ma mère chérie sera heureuse, elle reprendra goût à l'existence... Je me rends compte de tout cela. Combien j'en suis touchée !...

Ce que j'éprouve, en ce moment, je ne saurais le dire, je vous le répète, c'est encore obscur en moi !...

— Simone, vraiment, vous voulez bien être ma femme !...

— Oui, répéta-t-elle, en levant sur lui ses grands yeux clairs. Je sais à quoi je m'engage, je ne suis plus une enfant !...

— Vous ne m'en voulez pas ?...

— Non !

— Simone, je vous aime de toutes mes forces, de toute mon âme !... Mon seul désir est de vous rendre heureuse !...

N'est-ce pas de ma part un rêve irréalisable ? N'est-ce pas un amour impossible ?... N'est-ce pas une passion ridicule ?...

Toutes ces questions se posent dans mon esprit, au fur et à mesure que je vous écoute. J'ai peur que, par pure bonté d'âme, vous vous croyiez obligée de vous sacrifier ?...

— Je vous en prie, Monsieur Croizier, répliqua la jeune fille, n'interprétez pas mes paroles en mauvaise part !... Je ne puis vous faire l'aveu d'un amour que je ne ressens pas encore mais j'ai assez d'estime et d'affection pour vous, pour me sentir capable de vous aimer comme vous méritez de l'être !... Je ne m'inquiète pas de cette différence d'âge dont vous parlez, elle ne m'effraie pas. Au contraire, je suis fière d'être choisie par un homme tel que vous !...

Une joie soudaine illumina la physionomie de René, d'un coup toutes ses alarmes disparurent. Il s'élança vers elle dans un élan d'adoration et de reconnaissance !...

— Chère Simone, s'écria-t-il, en l'attirant à lui.

Elle eut un frémissement au contact de son bras qui lui frôlait la poitrine, en lui enlaçant la taille.

René continua :

— Comme vous êtes bonne !... Vous commencez la vie, moi je l'achève, et vous ne craignez pas d'associer votre aurore à mon déclin... Vous connaissez, à présent, le secret de mon cœur... Vous parliez de reconnaissance, tout à l'heure, ma chère petite, je n'oublierai jamais celle que je vous dois... Vraiment, vous ne m'en voulez pas ?...

— Ah ! bin, c'étant !... Ah bin, c'étant !... s'exclama Aurélie !... J'm'en doutins mais j'l'aurions tout d'même pas cru !... Et vous, l'auriez-vous d'y cru ?... s'adressa-t-elle à Maurice Gervaix qui, selon l'habitude, descendait de sa chambre pour prendre son petit déjeuner...

En entrant chez sa mère, Croizier annonça joyeusement :

— Maman, je suis heureux de t'apprendre la bonne nouvelle !... Simone consent à être ma femme, embrasse ta fille !...

— Ah bin, c'étant !... Ah ! bin, c'étant ! s'écria la Briarde !... je ne pouvais pas désirer mieux !... Vous me faites grand plaisir !... mais là, vrai ! grand plaisir !...

Et elle embrassa avec enthousiasme la jeune fille qui s'était jetée dans ses bras !...

. . . .

A l'apostrophe d'Aurélie, Maurice avait tressailli. Il questionna :

— Que se passe-t-il ?... Je suis donc en retard... Personne ne déjeune ce matin... Que vouliez-vous me dire ?...

— M'sieur Croizier épouse Mam'selle Simone !... Y viennent de décider ça entre eux, à c't'heure !...

— Ah !...

— Comme ej' vous dis !... Mais qué qu'vous avez ?... Vous êtes comme not' maître, à c'matin !... vous avez eune mine !...

— J'ai mal dormi !...

— Tiens, vous aussi ?... Vous n'êtes pourtant pas amoureux, vous ?... Un bon déjeuner vous remettra !...

— Merci !... je n'ai pas faim ! je prendrai seulement une tasse de café noir !...

— Décidément, j'en suis pour mes rôties et mon beurre !... Bah ! conclut-elle, Justin les mangera !... Comme ça, elles ne seront pas perdues !... V'là la cafetière !... Servez-vous !...

Et elle quitta Maurice, en emportant l'assiette aux tartines...

VIII

Onze heures sonnaient à l'horloge de l'église du bourg quand les cloches allègrement carillonnèrent pour annoncer le départ du cortège de la mariée.

Revêtus, cette fois, de leurs habits de fêtes, les chapeaux, les instruments, prodigieusement cocardés et enrubannés, les musiciens ouvraient la marche, jouant, à qui mieux mieux, le vieil air :

« Gai, gai, marions-nous,

« Mettons-nous dans la misère !

« Gai, gai, marions-nous,

« Mettons-nous la corde au cou !...

Marchant au pas, dodelinant de la tête ou fredonnant le refrain, tous en restant roides et compassés, les invités arrivèrent à la Mairie.

veille l'assiègent de nouveau.... L'office divin qui se célèbre en l'honneur de son amie, Marie Minot, semble les faire renaître encore en plus grand nombre.

Devant elle, dans le chœur, agenouillés sur les prie-Dieu, les jeunes époux forment un couple parfait, respirant la jeunesse, la force, la santé. Ces deux enfants de la campagne briarde, robustes et forts, attachés à la terre natale, respectueux de la tradition du passé, vont marcher certainement unis dans la vie, vers un avenir productif et générateur.

Ils pourront s'appuyer l'un sur l'autre, travaillant ensemble avec courage, avec amour !...

Dans quelque temps, Simone aussi s'agenouillera dans une église, devant l'autel, le prêtre bénira son union avec Celui qui, depuis le matin même, est son fiancé !...

Celui-là, elle le voit, dans la stalle du chœur, debout, un peu raide et solennel dans son attitude, robuste aussi mais de cette robustesse que donne non pas la jeunesse mais la maturité, avant-coureuse de l'arrière-saison.

C'est à cet homme qu'elle a consenti d'unir la floraison de son printemps !...

A côté d'elle, Mme Faverolles prie avec ferveur. Elle est transfigurée.

— Ma chère maman, songe la jeune fille, comme elle renaît à la vie en pensant que je vais être heureuse !... Pourquoi m'attristerais-je et pourquoi la désillusionner ?...

Une larme mouille sa paupière. Elle l'essuie rapidement. Mme Croizier se penchait vers elle et lui disait :

— Nous allons à la Sacristie.

Ce fut alors le long défilé, les embrassades, les vœux, les signatures sur le registre de la paroisse, ce pendant que sur le parvis, les jeunes gens du bourg attendaient la sortie des mariés.

Les deux nouveaux époux apparurent enfin bras dessus bras dessous. Du groupe des gars assemblés devant la porte principale, un garçon du pays se détacha. Il tenait un compliment à la main et lut d'une voix un peu ânonnante, en s'adressant à l'époux :

« Monsieur et ami,

« C'est toujours ici par habitude que je me permets, au nom de mes « collègues, de vous complimenter sur le choix heureux que vous venez « de faire. C'est par l'estime et par l'amitié que nous vous avons déjà « vouées, comme à votre nouvelle épouse, que nous fons des vœux à l'é- « ternel pour qu'il vous accorde des enfants sans nombre, et des jours « sans nuages.

« Veuillez donc, monsieur et ami, recevoir, en même temps que ce bou- « quet, les vœux sincères que nous fons pour votre prospérité. »

Le marié, en retour de cette politesse, gratifia les camarades d'une pièce d'argent et les invita gracieusement au souper et au bal.

Aussitôt, les coups de fusil et de pistolet, et les pétards, salut obligé de ces sortes de cérémonies, éclatèrent joyeusement et le cortège reformé se dirigea vers la maison maternelle, crin-crin et clarinette en tête !...

— Nous allons, n'est-ce pas, ensemble à la ferme, dit Croizier en s'approchant de Simone. Maman nous accompagne.

— Oui, Oui, j'ai promis !... Aussitôt la réception terminée, je retournerai à la maison.

— C'est entendu !... Mais au fait, répliqua le député, que fait donc Maurice ?... Je ne l'ai pas vu à l'église. Il aurait pu venir cependant il vous eût servi de chevalier. Un bon garçon, Maurice mais timide à l'excès !... Il a toujours peur d'être encombrant !...

— Maurice doit être souffrant, intervint Mme Croizier. Adrienne m'a dit qu'il avait très mauvaise mine, ce matin et qu'il est remonté à sa chambre, sans avoir touché à son petit déjeuner !...

— S'il est indisposé, je l'absous !... Dis donc, maman, je ne peux pourtant pas faire panier à deux anses, ajouta-t-il en riant, tout en désignant un paysan qui marchait devant lui ayant une commère à chaque bras !...

— Offre ton bras à Simone, moi mon fils, je me passerai de cavalier !...

Le chemin à parcourir, pour se rendre à la ferme, n'était pas long.

Marie Minot, selon la tradition répétée la veille, trouva la porte close, elle dût chanter pour qu'on lui ouvrît.

La mère naturellement se laissa attendrir et elle aussi chanta :

« Mon garçon et ma fille,
« Entrez sans plus tarder
« Augmentez la famille
« Prenez place au foyer !...

On s'embrassa à cœur ouvert, on remplit les verres disposés sur la table et l'on but à la prospérité de la famille.

Une nouvelle épreuve était encore réservée à la mariée.

Le garçon d'honneur lui présenta une tasse de bouillon fortement épicé, salé, poivré, aromatisé de toutes les herbes de la Saint-Jean, en même temps qu'il lui offrait pour le boire, une cuiller tordue, ébréchée, pleine d'aspérités.

Simone ne pût s'empêcher de remarquer tout bas à Croizier :

— La pauvre Marie va se déchirer les lèvres avec une cuiller si perfidement barbelée.

— N'ayez crainte, reprit-il, elle s'en tirera à son honneur. Il n'est pas, dans le pays de jeune fille qui n'ait étudié d'avance le moyen de tourner cet obstacle...

— Je ne vois pas pourquoi...

— Parce que vous êtes parisienne, ma chère Simone, et que ces usages ne vous rappellent rien... Aux yeux de nos braves paysans, cette présentation du bouillon à la mariée est une image mystique destinée à faire comprendre à la nouvelle épousée que la vie est hérissée de difficultés et que l'on compte sur sa sagacité et son adresse pour les prévenir et les éviter.

A la joie générale qui se traduisit par des bravos et des vivats, Marie Minot but la cuiller de bouillon, le plus aisément du monde...

Le garçon d'honneur lui présenta alors un verre à demi-rempli de vin. Elle le but et sitôt vide, elle le lança sur les dalles de la salle où il se brisa en mille pièces.

Ce fut alors du délire.

Marie fut entourée, embrassée, félicitée...

— Si le verre eût roulé à terre intact, expliqua Croizier à Simone, cela eût signifié d'irrémédiables malheurs ; réduit en poussière, au contraire, c'est l'indice certain d'un bonheur sans mélange.

— Tant mieux, reprit-elle, je suis enchantée de ce présage pour Marie, elle mérite d'être heureuse.

— Elle le sera !... Je connais le jeune homme, c'est un excellent garçon et un bon travailleur.

Mais déjà Mathurin et le joueur de clarinette reprenaient un air ancien, réminiscence des ritournelles des vieilles au temps des trouvères et des noceux, talonnés par la faim, se dirigeaient vers la salle du festin.

Mme Croizier, cédant aux instances de la fermière, consentait à déjeuner avec la noce. Simone en profita pour s'éclipser en hâte.

Le bonheur des jeunes époux, la bruyante gaîté des convives, n'étaient pas parvenus à la distraire.

Sa mélancolie continuait, elle était ravie de fuir les rires, les chants, les bravos...

Pour ne pas attirer sur elle l'attention des villageois et des groupes de jeunes gens restés sur la place de l'église à tirer des coups de feu et des pétards, elle fit un détour afin de gagner le chemin du bord de l'eau.

Elle venait à peine de s'y engager lorsque, au tournant du sentier, elle vit déboucher devant elle, le secrétaire, Maurice Gervaix, portant une lourde valise.

Les deux jeunes gens eurent le même geste de surprise, Simone rougit, Maurice la salua d'un air gauche.

— Vous partez donc, monsieur Gervaix, demanda-t-elle en jetant un coup d'œil étonné sur la valise qu'il tenait à la main. Vous avez affaire à Paris ?...

— Oui, balbutia-t-il avec embarras.

— Votre absence ne sera sans doute pas de longue durée ?...

A cette question directe, le jeune homme soupira, puis brusquement, comme quelqu'un qui prend son parti d'un aveu difficile :

— Je m'en vais pour tout à fait, s'écria-t-il, définitivement !...

Simone le regarda de ses yeux clairs où se peignait un profond étonnement.

— Pour tout à fait, répéta-t-elle, sans essayer de dissimuler la tristesse que lui causait ce départ sans qu'elle s'en expliquât la raison elle-même.

— Ce n'est pas, répartit Maurice avec vivacité que je sois en mauvais terme avec M. Croizier, je lui garderai une infinie reconnaissance de ce qu'il a fait pour moi, mais j'ai trouvé une situation d'avenir et puis...

— Et puis ?...

— C'est la reconnaissance même que j'ai pour M. Croizier qui dicte mon départ, plus tard il me saura gré, j'en suis sûr, de la décision que je prends !... Je sais qu'il va se marier ! La présence d'un étranger dans son intimité pourrait le gêner et il est si bon qu'il n'oserait pas me le dire... Alors, j'ai compris qu'il valait mieux que je m'en aille !...

Le beau visage de Simone s'était couvert d'une pudique rougeur :

— Moi aussi ... murmura-t-elle en baissant les yeux.

A ce moment, les grelots de la diligence tintèrent au détour de la grand'route.

L'instant d'après, l'énorme machine apparaissait avec sa caisse jaune et bleue et son postillon coiffé de la veste courte et du petit chapeau à la française.

C'était une des curiosités du pays !... Depuis des années, il était question de remplacer cette patache par un car automobile mais les années passaient et la vieille diligence jaune et bleue, cent fois rafistolée continuait à transporter les voyageurs du village à la gare, à la grande indignation des amis du progrès.

— Au revoir, monsieur Gervaix, balbutia Simone d'une voix tremblante d'émotion...

— Adieu, mademoiselle, dit Maurice, la gorge serrée par l'angoisse, vous aurez toujours en moi un ami !...

D'un geste dont il ne fut pas le maître, il avait pris dans ses mains les petites mains fines de la jeune fille et il les serrait éperdument.

Elle s'arracha doucement à cette étreinte et d'une voix où il y avait comme une caresse :

— Du courage, monsieur Gervaix, dit-elle, mais non pas adieu, au revoir !...

Tout là-bas, au fond de l'horizon, la diligence n'était plus qu'une tache mouvante que Simone pensive demeurait encore à la même place.

— 43 —

Dans la soirée, lorsque Croizier légèrement égayé par les bons vins de la noce rentra dans son cabinet de travail il fut tout surpris d'apercevoir bien en vue sur le buvard de maroquin une lettre à son adresse. Il eut d'abord envie de ne pas l'ouvrir.

Il se sentait si heureux, ce soir-là, que, comme le despote antique, il avait envie de s'écrier :

— « A demain, les affaires sérieuses !... »

— A part Simone, rien ne m'intéresse s'écria-t-il en allumant un havane bien sec qui craqua sous ses doigts. Cette lettre ?... quelque réclamation d'un de mes fermiers, il sera toujours tant d'y répondre !...

Mais tout à coup il reconnut l'écriture :

— C'est de Maurice !... murmura-t-il, que se passe-t-il donc ?...

Il avait déjà ouvert l'enveloppe !

Ce fut avec un véritable ébahissement qu'il lut les lignes suivantes :

« Mon cher Maître,

« Je serais profondément désolé que vous m'accusiez d'ingratitude, cependant malgré tout ce que vous avez fait pour moi, malgré toute la reconnaissance que j'ai pour vous, je me vois forcé de vous quitter, des raisons impérieuses, des obligations tyranniques auxquelles il est impossible de me soustraire, m'appellent à Paris d'abord, puis sans doute à l'étranger...

Au lieu de l'existence heureuse et calme que votre protection m'avait préparée, je vais commencer une vie d'âpres luttes et de labeurs ingrats !

Pardonnez-moi de vous quitter si brusquement et ne cherchez pas à en connaître les raisons !... Il le fallait !... Plus tard, peut-être, vous reconnaîtrez que j'ai bien agi en quittant votre toit et que j'ai pris le seul parti que j'avais à prendre.

Croyez, mon cher protecteur, que je demeurerai toujours, en dépit des apparences, votre très dévoué...

Maurice GERVAIX. »

— Je n'y comprends rien ! dit le député, en laissant retomber la lettre, ce garçon est fou, ma parole, je pense que personne chez moi ne lui a manqué d'égards, il faisait ce qu'il voulait, il était tranquille, je me demande un peu quelle raison il peut avoir pour me lâcher aussi cavalièrement. Cela m'ennuie... Bah ! peut-être est-il amoureux ?...

Croizier s'arrêta net, le mot « amoureux » qu'il venait de prononcer était pour lui un trait de lumière. Tout en arpentant de long en large son luxueux cabinet, il réfléchissait :

— Eh ! parbleu ! j'y suis, reprit-il au bout d'un instant, le pauvre diable était secrètement amoureux de Simone ! Voilà l'explication de sa lettre énigmatique et de ses phrases ampoulées, c'est bien cela !...

Si brave homme qu'il fût, il ne pût s'empêcher d'éprouver une pointe d'égoïste satisfaction dont il ne s'expliquait pas la nature.

— Après tout, conclut-il, ce jeune homme est parti de son plein gré, tant pis pour lui !... S'il a besoin de moi, plus tard, je viendrai à son secours, pour le moment, je ne veux penser qu'à ma chère Simone, le reste de l'univers, importe peu !...

René se coucha ce soir-là, du sommeil plein le cœur. Et jusqu'au matin la souriante image de celle qu'il considérait comme sa fiancée le berça dans des songes d'azur et d'or !...

X

Un gai soleil rayonnait sur les gazons emperlés de rosée, se réflétait dans les eaux claires du Morin et dardait des flèches lumineuses dans les endroits les plus enténébrés du clos de la villa.

Lorsque Croizier ouvrit la fenêtre de sa chambre, une bouffée d'air frais toute embaumée de la bonne odeur des verdures mouillées et des dernières fleurs d'automne, fraîches écloses, vint le frapper au visage.

Il l'aspira avec délice !

Les oiseaux pépiaient par centaines dans les hautes branches et les bois, dans leur somptueuse robe d'automne, couleur de pourpre fanée, de velours roux et de dorures éteintes, s'étalaient dans toute leur splendeur.

C'était une de ces matinées heureuses où il fait bon vivre et Croizier s'en sentit comme tout pénétré de généreux effluves.

— Décidément, tout va bien, s'écria-t-il.

Il se sentait léger comme une plume. Et ce fut en fredonnant je ne sais quel couplet joyeux du temps passé, qu'il procéda à sa toilette à laquelle il apporta une coquetterie tout à fait en dehors de ses habitudes.

— Allons, d'abord, souhaiter le bonjour à Simone se dit-il joyeusement.

Il descendit à la salle à manger !...

La jeune fille n'y était pas.

— Elle a dû faire un tour dans le clos, songea-t-il. Et il s'en alla à sa recherche.

Il n'avait pas fait vingt pas qu'il aperçut, entre les troncs noircis des vieux arbres, la robe claire de la jeune fille. Mais elle aussi l'avait vu et venait déjà à sa rencontre...

Simone avançait lentement, ses beaux cheveux étaient négligemment tordus, son visage pâli, ses yeux cernés et brillants de fièvre portaient les traces d'une nuit d'insomnie...

René en fut frappé. Il eut un vague et douloureux pressentiment.

— Bonjour, chère Simone, dit-il, vous semblez toute pâle, et ce sourire mélancolique que je ne vous connaissais pas ?...

— Je n'ai pas fermé l'œil de la nuit, dit-elle gravement.

— Seriez-vous malade ? demanda le député avec une inquiète sollicitude.

— Ce n'est pas cela mais j'étais préoccupée, j'ai beaucoup réfléchi...

— Eh bien, interrogea le fiancé sous le coup d'une poignante émotion.

— Eh bien, non, véritablement, dit Simone en prenant la main de Croizier, d'un geste de maternelle consolation, j'ai eu tort de vous donner ma parole, hier. Non seulement, je ne suis point votre égale au point de vue de la fortune mais j'ai peur de ne pas vous rendre heureux...

— Ou plutôt vous craignez que je ne vous rende pas heureuse, fit-il amèrement.

Il ajouta d'une voix presque suppliante :

— Mais mon enfant, ma chère petite Simone, je ne vous demande pas de l'amour, cela viendra plus tard, je veux seulement votre amitié, votre consentement à cette union...

— C'est impossible, dit la jeune fille, lentement, comme à regret.

Leur conversation se poursuivit longtemps... Dix fois Simone fut sur le point de céder aux supplications de M. Croizier mais elle tint bon, il lui semblait entendre une voix secrète qui lui disait :

— Tu n'as pas le droit de consentir à ce mariage, ce serait malhonnête. Au fond de ton cœur, tu en aimes un autre, ce serait tromper la confiance de ce brave homme qui a eu tant de bonté pour toi, tu ne dois pas faire cela, tu ne feras pas cela !...

Lorsque tous deux rentrèrent à la ville, leurs yeux étaient rougis de larmes, la rupture était désormais définitive.

Le soir même, Simone et sa mère repartaient pour Paris...

Croizier avait laissé passer l'heure d'aimer et cette heure était arrivée pour Simone !...

.. ..

Deux années s'écoulèrent, pendant lesquelles Simone dût lutter durement !...

Dactylographe, caissière, sténographe, elle avait enfin trouvé chez un grand industriel de Billancourt, une situation presque lucrative. Ce n'était plus la joyeuse jeune fille que nous avons connue au début de ce récit. Sérieuse et grave, un peu amaigrie par les veilles, sa beauté comme affinée n'en apparaissait que plus touchante.

Bien des fois, M. Croizier lui avait écrit, lui offrant sa protection, la suppliant de revenir sur sa décision.

A chacune de ses lettres, Simone avait répondu poliment, affectueusement même, mais elle était demeurée inébranlable dans sa résolution.

Elle n'avait plus entendu parler de Maurice Gervaix dont l'image restait gravée dans son cœur...

Mais il y a pour les amoureux une mystérieuse providence !...

Un jour que Simone se rendait à Paris pour quelques emplettes, elle se trouva brusquement en face de Maurice.

Le jeune homme ne put retenir un cri de joie :

— Ah ! cette fois, je vous tiens ; moi qui vous ai tant cherchée, je ne vous laisserai plus partir !...

Simone sentit tout son sang refluer vers son cœur. Ses mains tremblaient.

— Monsieur Gervaix, balbutia-t-elle, comme je suis heureuse de vous rencontrer !...

— Vous ne savez donc pas, s'écria-t-il avec feu, que je bats tout Paris pour vous retrouver ! J'ai même écrit à Croizier qui m'a répondu par une lettre fort sèche qu'il ne savait pas ce que vous étiez devenue.

— J'ai su, reprit la jeune fille avec un pâle sourire, que vous avez eu de grands succès au barreau.

— Pourquoi n'êtes-vous pas venue me voir, c'est fort mal à vous !...

Il y eut entre eux un moment de silence, il la contemplait avec attendrissement.

— Je devine que vous avez beaucoup lutté, beaucoup souffert !... Mais désormais vos ennuis sont finis !...

— Vous me trouverez une bonne situation ? demanda Simone avec un air malicieux.

Maurice eut un rire sonore :

— Oui, dit-il, une excellente situation !... C'est une question que je vais traiter à l'instant même avec madame votre mère.

Et déjà il avait hélé un taxi et forçait la jeune fille à y monter !...

.. ..

Un mois après cette rencontre, on lisait cet entrefilet dans les journaux mondains :

« Au Palais :

« On annonce le prochain mariage du jeune et déjà célèbre avocat Maurice Gervaix avec Mlle Simone Faverolles. »

A la première page de ces journaux, comme du reste dans tous les quotidiens, on lisait aussi :

« Composition du nouveau ministère :

.. ..

à .... : René Crozier, député de Seine-et-Marne.

Le nouveau ministre, en prenant connaissance de ces informations, réfléchit et soudain décida.

— Allons, dit-il, il faut que je rende visite à Maurice et à sa fiancée ; je leur dois un cadeau de noces. C'est grâce à leur travail présenté par moi à la Chambre que je suis ministre aujourd'hui. L'heureux de la fortune, c'est que je n'ai rien volé. Maurice a été plus malin, il a saisi au passage l'heure d'agir.

Le lendemain, Crozier remettait à Mme Faverolles ses compliments. Les actions minières d'André, vendues par le notaire pour la somme de soixante mille francs, constituaient une dot inespérée à la jeune fille. Et le député, nouveau ministre, prenait comme chef de son cabinet M. Gervaix.

FIN

Paraîtra prochainement :

CHANSON D'AMOUR

par PAUL DARCY

LES MYSTÈRES DE PARIS

l'immortel chef-d'œuvre du grand conteur populaire Eugène Sue

Édition COMPLÈTE, en un fort volume de 500 pages

PRIX 3 FRANCS

Envoi franco contre 3 fr. 25 en mandat, bon ou timbres.

Vient de Paraître :

LE NOUVEL
ORACLE DU DESTIN
(1919)

Pour Dames et Jeunes Filles, Mariages et Poilus

Prix 1.25 (Lilleto. 1.50)

63972 — LIBRAIRIE .... GARNIER, 6, rue ....

Collection des Petits Chefs-d'Œuvre

Nouvelle Série

Deux fois par mois :

Un magnifique volume, couverture en couleurs
au prix de 30 cent. seulement

VOLUMES DÉJA PARUS :

N° 1. — LE ROMAN D'UNE DÉTRAQUÉE, par H.-R. WŒSTYN.
N° 2. — VIERGE AMOUREUSE par Charles GROVE.
N° 3. — L'ENFANT DE LA HONTE, par Henriette LANGLADE.
N° 4. — COMÉDIENNE, par Max DERVIOUX.
N° 5. — LA CORDE FATALE, par Gaston RAYSSAC.
N° 6. — LES ORAGES D'UN CŒUR, par René LE MOINE DE LA GUERCHE.
N° 7. — FEMME DE PROIE, par GELIN-NIGEL.
N° 8. — MARCELLE ET SA MÈRE, par Paul de GARROS.
N° 9. — LA DEMOISELLE AU LOUP NOIR, par Marius BOISSON.
N° 10. — LE CŒUR SAIGNE, par Georges de BOISFORET.
N° 11. — MEURTRIE PAR LA VIE, par J. DEMAIS.
N° 12. — EXIL D'AMOUR, par F. DUMAINE.
N° 13. — MIDINETTE, par Maurice NOEL.
N° 14. — LA BELLE ENDORMIE par Gustave LE ROUGE.
N° 15. — LA REINE DE LA PLAGE par MARC MARIO.
N° 16. — LE GOSSE DU PAVÉ par Claude LEMAITRE.
N° 17. — CHASSÉE DU FOYER CONJUGAL, par Maurice PICARD.
N° 18. — JUANA LA GITANE, par Henriette LANGLADE.
N° 19. — LA FAUTE D'UNE AUTRE, par H.-R. WŒSTYN.
N° 20. — LA FIANCÉE DU PÊCHEUR, par JULES DE GASTYNE.
N° 21. — JUSQU'AU SANG, par Jean DE GARROS.
N° 22. — CELLE QU'ON AIME, par René MIGUEL.
N° 23. — LES AMANTS DE SICILE, par Gaston RAYSSAC.
N° 24. — LES FOUS D'AMOUR, par Georges BEAUME.
N° 25. — FIFILLE, par Suzanne BRU.
N° 26. — LES ABÎMES DU CŒUR, par Maurice PICARD.
N° 27. — LA PETITE CANTINIÈRE, par Georges SPITZMULLER.
N° 28. — L'APPEL DE L'AMOUR, par Henri DE MONTFORT.
N° 29. — VOLEUSE D'AMOUR, par Ferdinand DUMAINE.
N° 30. — LE MARI DE THÉRÈSE, par Edouard PINON.
N° 31. — LA FAUTE D'AIMER, par Charles GROVE.
N° 32. — LES DRAMES DU CŒUR, par René D'ANJOU.
N° 33. — LE CRIME D'UNE VIERGE, par J. MARC-PY.
N° 34. — LES AMOURS D'ISABELLE, par Emile QUINTIN.
N° 35. — L'OMBRE NOIRE, par Marius BOISSON.
N° 36. — LA MAIN QUI ÉTRANGLE, par Paul GELIN-NIGEL.
N° 37. — AMOUR CONTRARIE, par MONTLANDON.
N° 38. — SECRET MORTEL, par René M'GUEL.
N° 39. — LA CONQUÊTE D'UN CŒUR, par Henriette LANGLADE.
N° 40. — LE DESTIN DES ROSES, par Michel NOUN.
N° 41. — ET L'AMOUR VINT..., par Henri de MONTFORT.
N° 42. — CŒUR DE FEMME, par Auguste LESCAILER.
N° 43. — MAUDITE ÉTREINTE, par Paul de GARROS.
N° 44. — MADEMOISELLE JEANNE, par Gustave LE ROUGE.
N° 45. — FLEUR DE GRÈVES, par Jean de KERLECQ.
N° 46. — LA VOIE MYSTERIEUSE, par René d'ANJOU.
N° 47. — LÈVRES MENTEUSES, par HENRIETTE LANGLADE.
N° 48. — POUR UN BAISER, par DELPHI-FABRICE.
N° 49. — LE CŒUR DE JACQUELINE, par PAUL DARCY.
N° 50. — ERREUR D'AMOUR, par HENRI DE MONTFORT.

Envoi franco de chacun de ces magnifiques romans contre
35 c. en timbres adressés à la

Collection des Petits Chefs-d'Œuvre

94, Avenue de la République, PARIS

Abonnement de 3 mois (13 volumes consécutifs)............ **4 fr.**
— de 6 mois (26 volumes consécutifs)............ **8 fr.**
en mandat ou bon de poste envoyé à la même adresse.

N° 10.
N° 11.
N° 12.

www.ingramcontent.com/pod-product-compliance
Ingram Content Group UK Ltd.
Pitfield, Milton Keynes, MK11 3LW, UK
UKHW021001220726
13924UKWH00002B/823